JN070044

書下ろし

豪傑 岩見重太郎

稲田和浩

祥伝社文庫

目次

序　章　岩見重太郎《いわみじゅうたろう》の草鞋《わらじ》

　近江長浜《おうみながはま》は琵琶湖《びわこ》の北東にある。織田信長《おだのぶなが》が浅井《あざい》氏を滅ぼしたあと、羽柴秀吉《はしばひでよし》、のちの豊臣《とよとみ》秀吉が北近江を与えられて、今浜《いまはま》と呼ばれていたこの地を長浜と改めて城を築いた。大坂の陣ののち、北近江は井伊《いい》家の居城がある彦根《ひこね》が中心となり、長浜城は廃城となったが、北陸《ほくりく》と畿内を結ぶ交通の要所である長浜は宿場町として栄えていた。

　長浜で旅籠《はたご》を営んでいた伊勢《いせ》屋《や》の才蔵《さいぞう》は還暦の少し前に息子たちに店を任せて隠居した。隠居はしたものの、いくつかの店の仕事を任されていて、その中の一つが、月に一、二度、近所の道具屋、若狭《わかさ》屋《や》甚兵衛《じんべえ》の店をのぞくことだった。客間の床の間に飾る掛け軸などには流行《はや》りすたりがある。何か目新しいものがあれば買い、架け替えるのが才蔵の仕事になっていた。

「若狭屋さん、いるかい」

「おや、ご隠居、いい山水がありますよ」

「見せてもらおうかな。他に何か掘り出し物はありますかな」

「彦根の市で仕入れて参りました。とびきりの物がございますよ」

「それは楽しみですな」

若狭屋甚兵衛の掘り出し物ほど当てにならないものはない。甚兵衛はおよそ骨董《こっとう》に目が利かないのだ。それが何で楽しみかと言うと、どんな贋物《にせもの》、ガラクタの類《たぐい》を掴《つか》まされてきたのか、結構笑える品物ばかりだからだ。

この間は平清盛《たいらのきよもり》が使ったという尿瓶《しびん》、その前は弘法大師《こうぼうだいし》が選んだ筆というのを仕入れて来た。いずれも数百文、ホンモノならそんな値段で買えるわけがないのに、安いのは掘り出し物だと手を出す。贋物だと教えてやると、甚兵衛は目を白黒させて驚いて悔しがる。面白いから、笑わせてもらい賃だと思い三回に一回は買ってやったりもしている。

「まったく伊勢屋のご隠居のおかげで、うちの店は潰《つぶ》れずに済んでいるんですよ」

若狭屋の内儀《おかみ》は笑顔で才蔵に言う。

甚兵衛の年齢は三十過ぎ、五年ほど前に大坂のほうから流れて来た。襤褸《ぼろ》一枚身にまとっただけ、何日も飲まず食わずで若狭屋の前に倒れていたのを、先代の主人に助けられた。

「行くところがないなら、しばらく家にいればいい。飯くらいは食わしてやるし、店の手伝いでもすれば小遣いくらいはあげるから」

先代の主人は困っている人を見ると黙っていられない性格だった。

言われて甚兵衛は店の手伝いをはじめた。生真面目なんだが、どこか調子のいいところもある。口達者で、甚兵衛の話は面白かった。とりわけ大坂でのしくじり話が面白かった。お調子者の癖に、甚兵衛は色白の美男であった。若狭屋の一人娘、お玉《たま》が甚兵衛に惚《ほ》れた。

困っている人を助けるのも何かの縁、と先代は言っていたが、とんだ縁を拾った。

「しょうがねえや。お前にあとを任せるから、お玉のことを大切にしてやってくれ」

甚兵衛は若狭屋の婿《むこ》になり、ほどなくして先代が亡くなり主人になった。

「主人ったって、ねえ、ご隠居、お玉は命の恩人、先代のお嬢様ですからね。まったく頭が上がりません。尻《しり》に敷かれるなんてぇもんじゃありませんよ」と言い、「女房の腰巻の洗濯は私がやっている」と楽しそうに自慢している。

「で、若狭屋さん、今日の掘り出し物ってえのはなんだい？」

「これなんですがね」

甚兵衛は木の箱を持って来て、蓋《ふた》を開けた。

中には古びた、やたら大きな草鞋《わらじ》が入っていた。

「なんだい、これは？」

「岩見重太郎《いわみじゆうたろう》の草鞋です」

甚兵衛は言った。

「岩見重太郎？」

才蔵が怪訝《けげん》な顔をすると。

「おや、岩見重太郎をご存じないか」

と、甚兵衛は言い、

「今から五十年ほど前に、大坂で徳川と豊臣の戦《いく》さがございました。岩見重太郎は、豊臣方の武将でございますよ」

そんなことは知っている。

というか、人に言ってはいないが、岩見重太郎は才蔵の両親にゆかりのある人物である。

「大坂の戦さで敗れ討ち死になさいましたが、岩見重太郎はたいそうな豪傑《ごうけつ》。若き日に諸国を武者修行いたしましてな。その時、履いていたのがこの草鞋です」

甚兵衛は見てきたように語りはじめた。

「若狭屋さん、この草鞋が岩見重太郎の草鞋だという何か証拠がございますかな」

「この草鞋をよーくご覧ください。たいそう大きな草鞋だが、これ十八文（約四十三・二センチ）ございます」

そんな足のでかい奴がどこの世界にいるんだ。才蔵は真顔で言う甚兵衛の言葉に笑いをこらえるのが必死だった。

「岩見重太郎は武者修行の途中で、身の丈《たけ》一丈《じょう》（約三メートル）もある狒々《ひひ》を退治したんです。重太郎が身の丈八尺（約二メートル四十センチ）の大男で」

確かに身の丈が八尺あれば、足の大きさが十八文でもおかしくはあるまい。だが、身の丈八尺の人間を見たことがあるのか。

ましてや、両親に聞いた話では、岩見重太郎は決して大柄な人ではなかったそうだ。

「そんな大男がいるものか」

「いやいや、ご隠居、豪傑にもあまたおりますが、岩見重太郎は別格でございます。宮本武蔵《みやもとむさし》は化け狸《だぬき》、塚原卜伝《つかはらぼくでん》は化け猫を退治しているが、岩見重太郎は狒々だ。桁《けた》が違う」

桁が違うと甚兵衛は言うが、狒々がどういうものか、よくわからない。猿の化け物だと聞いたことがあるが、身の丈一丈なんていうでかい猿も見たことはない。

「若狭屋さん、お前、詳しいようだから聞くが、岩見重太郎様は……」

と、ここで才蔵は「岩見重太郎様」と「様」付けで呼んだ。

「狒々退治の他には何をされた?」

「よくぞ聞いてくださった」

甚兵衛は待ってましたとばかりに身を乗り出して言った。

「丹後宮津《たんごみやづ》の天橋立《あまのはしだて》というところで、たった五人で三千の敵を相手に戦った」

「ほう。五人で三千」

「その五人というのが、岩見重太郎とともに大坂で戦った、後藤又兵衛《ごとうまたべえ》、塙団《ばんだん》右衛門《えもん》……」

「ほう」

「ご隠居、この先の話を聞きたいか」

聞きたいわけではないが、隠居は暇《ひま》だ。

はて、どうしたものか、という顔をしたら、甚兵衛はニコリと笑い、

「では、聞かせてしんぜよう」

と言い、才蔵の前に座り直した。いつの間にか手にしていた白扇で、ピシャリ、古い経机《きょうづくえ》を叩《たた》いた。


いや、面白かった。

岩見重太郎が、後藤又兵衛、塙団右衛門、それに真田幸村《さなだゆきむら》の家来の猿飛佐助《さるとびさすけ》、三好清海《みよしせいかい》入道の五人で群がる敵を斬って斬って、斬り倒してゆき、身の丈一丈の狒々の腕をとって、背負い投げ！　息の根を止めた……。

若狭屋甚兵衛は大坂で、何か語り物の芸人の修業をしていたのだろう。自分が

見てきたように話すのだ。

おかげで、なんだかわからない大草鞋を二百文で買ってしまった。

さて、倅《せがれ》になんて言おうか。

若狭屋で聞いてきた嘘話をするわけにもゆかぬ。

まぁ、いいか。若狭屋のガラクタを買うのは、才蔵の道楽だと、倅たちは思っているのだろうから。

第一章　十八人斬り

一

岩見重左衛門《いわみじゆうざえもん》は悲しんだ。

長男が生まれ、二人目の子供も男の子だった。ゆくゆくは兄弟で、岩見の家と、戸田《とだ》流を守《も》り立ててくれれば、こんなに嬉しいことはない。

重左衛門は筑前名島《ちくぜんなじま》五十万石、小早川隆景《こばやかわたかかげ》の臣で、戸田流剣術指南役を務めている。小早川家代々の臣で、重左衛門が戸田流の剣技を極めたことで隆景の信頼がますます篤《あつ》くなり、小早川家が九州の地に国替えになって加増されたこともあり、知行も千石をいただき、宿老に次ぐ地位にいる。

小早川隆景は毛利元就《もうりもとなり》の三男、三本の矢の一人と言えばわかりやすい。毛利元就は安芸《あき》の地侍から、中国八ヶ国の太守となったが、それを支えたのが次男の吉《きっ》川元春《かわもとはる》と、三男小早川隆景だ。二人の息子を養子に出し、吉川氏、小早川氏の勢力を取り込み、毛利氏は基盤を築いた。毛利氏が豊臣秀吉に臣従したのちは、隆景は秀吉軍団の武将として、四国、九州の戦いで戦功を上げた。豊臣秀吉が九州を平定したのち、隆景が筑前を治めることとなり、名島（現在の福岡市《ふくおか》）に城を築いた。秀吉から五十万石を与えられたのは隆景が武将として優秀であり、また毛利家の後ろ盾《だて》があることで、島津《しまづ》氏、大友《おおとも》氏、龍造寺《りゆうぞうじ》氏ら九州勢力の抑えとしたのであろう。

名島の城は山城で、大友氏、龍造寺氏らの攻撃への備えとしていたが、博多《はかた》には昔から港があり交易都市として栄えていた。博多の街づくりは小早川隆景が陣頭指揮を執り、京《きよう》や堺《さかい》からも商人を誘致した。博多の街とは離れた、北のはずれに名島城はあり、静かな地域に武家屋敷が立ち並んでいた。重左衛門の屋敷は名島城の東側にあり、屋敷には郎党若党が十人、さらには小早川家家臣の子弟で、屋敷に住み込んで修行をしている門人も二十人くらいいた。

重左衛門の長男、重蔵《じゆうぞう》は元気に育っていた。だが。

生まれた赤子を見て近所に住む医者、菅野良庵《すがのりようあん》は、

「この子は生まれながらの虚弱。そんなに長くは生きられないでしょう」

と、言った。

あんな医者は「藪《やぶ》」だ。

藩侯の脈を取る秋山紅葉《あきやまこうよう》を呼んできたが、答えは同じだ。

こうなったら、都へ出向いて名のある医者に来てもらおう。金はいくら掛かっても構わぬ。

母親は違った。

重左衛門の妻、芳江《よしえ》は連日連夜、城の北側にある箱崎八幡《はこざきはちまん》にお百度を踏んだ。

「神信心などしてなんになる」

重左衛門は心の中でつぶやいた。だが、芳江を止めることはなかった。重左衛門自身も、藁《わら》にもすがる思い、もしも神信心で次男が元気になるのなら、百度でも千度でも参りたいと思ってはいた。

知り人に頼んで都の名のある医者に宛てて、手紙に黄金二枚を添えて送った。

都の医者は九州の地まで来るのを渋った。旅が命懸けの時代だ。「都にも目の離せない患者がいる」と断わりの手紙と、いくつかの薬の処方を書いて寄越した。

黄金二枚の手前、何も寄越さぬわけにはゆかなかったのだろう。

秋山紅葉は「これなら、もしや」と言い、薬を調合してくれた。

重左衛門は菅野良庵を呼び、都の医者が書いたと言わずに処方を見せた。

「岩見様はお疲れで、食がおすすみになられませんか」

「食がすすまぬ？」

「これは食欲増進の処方ですな」

良庵は藪ではなかった。

秋山紅葉は都の医者と聞き追従《ついしょう》を言っただけだった。

「すまぬがこれからは、あなたが息子を診《み》に来てください」

重左衛門は良庵に頭を下げた。


三年が過ぎた。

次男は立って歩き、庭を駆け回ったりしているが。

「剣術の修行はなさらぬほうがよろしかろう」

良庵は言った。

何故《なぜ》だ。あんなに元気ではないか。

「見た目は元気に見えましても、もって生まれた弱さは克服出来ぬものでございます」

「左様か」

重左衛門は落胆した。

剣を持つことは無理か。では、学問で身の立つようにするか。

「いやいや、過度に学問に打ち込んで、夜なべして本など読んでは命を縮めます。学問も適当なところでお止《や》めください」

剣も駄目、学問も駄目、この子はどうすればよいのだ。

「とくに何もせず、暢気《のんき》に人生を送らせてあげることです。岩見様の家なれば、一人くらい無駄飯を食べさせても傾くことはございますまい」

「とくに何もせず？」

「箏《こと》を弾いたり、遊芸でもして暢気に」

武人の家に生まれ、剣を持つこともならず、学問で身を立てることも叶《かな》わず、ただ捨て扶持《ぶち》だけもらって人生を送れというのか。

不憫《ふびん》だ。

重左衛門は思った。

芳江は今日も箱崎八幡に行っている。神信心が何になるんだ。弱く生まれたのも、神様が決めたことではないか。運命は受け入れるしかない。

だがそんな運命なら、親として、不幸な運命を断ち切ってやるというのも情けではないか。

無駄に生きるくらいなら、まださしてもの心もついていない、今のうちにひねり潰《つぶ》して殺してしまえば。この子も苦労をせずに済む。

暢気に人生を送るというのが苦労。この時代、何もせずに人生を送るなどというのは恥辱《ちじよく》でしかなかった。

芳江が箱崎八幡に出掛けたある日の午後、重左衛門、わが子の首に手を掛けた。

許せ。

だが、力を入れようと思っても、力が入らない。

首に手を掛けた重左衛門の手の甲《こう》に生温かいモノが落ちた。それが自分の涙であると、重左衛門は気付いた。

手に力が入らず、ただただ涙が流れた。

不憫だが、息の根を止めることなど出来ない。

生まれた時の泣き声。嬉しそうに庭を走っている姿。やがて走れなくなるかもしれないが、今は笑って走っている。その笑顔を自らの手で止めてしまうことは、出来ない。

血をわけたわが子、その首を折ることなど出来なかった。

いいんだ。この子は。

武人にならず、医者の言う通り、箏を弾いて暮らせばよい。

戦国の世はまもなく終わる。そうなれば、武術を極めても使い道などない。むしろ、箏を弾いて暮らすことが、あたり前な時代になるやも知れない。

この子はこの子で、この子の道を進めばいいではないか。

表が騒がしい。

何かあったのか。

「申し上げます」

若党が廊下で声を掛けた。

「何事だ」

「奥様が、箱崎八幡でお倒れになりました」

何！

玄関に飛び出すと、妻の芳江が下男たちに支えられるように帰って来たところだった。

「どうしたのだ」

「なんでもございません。ちょっと気分が悪くなっただけです。この者たちが大《おお》仰《ぎょう》なのです」

芳江は言った。

「すぐに医者を呼べ」

重左衛門が若党に命じた。

「そんな、あなたまで。私は病などではございません」

「病ではございません」

良庵は言った。

「ご懐妊《かいにん》です」

なんと、三人目の子が出来たと言うのか。

「芳江、無理をするな」

重左衛門は言った。

「もう箱崎八幡でお百度は踏むな」

「でも、あなた……」

「明日からは、わしが箱崎八幡に参るゆえ」

一年後、芳江は女の子を産んだ。

これが妹のつぢだ。

つぢが生まれるまで、重左衛門は箱崎八幡に日参した。次男が立派に育つように、そして、元気な子供が生まれるように。

もう重左衛門に迷いはなかった。ただ一心不乱に祈った。

二

父上が泣いていた。

確かに父上が泣いていた記憶が重太郎にはあった。

なんで泣いていたのか、重太郎にはわからなかったが、確かに父、重左衛門が泣いていたのだ。

重太郎は十二歳の春を迎えていた。

今日も屋敷内の道場からは竹刀《しない》の音が響いている。若い門弟たちの威勢《いせい》のいい掛け声も聞こえている。

重太郎も竹刀を手に、その中に加わりたかった。だが、父の厳命で、重太郎は道場に入ることは許されなかった。

兄の重蔵は師範代格で、多くの門弟の指導をしている。妹のつぢも、小太刀を学び、わずか九歳で、男の門弟も打ち倒す腕だという。

「父上、私も剣術が習いたいのです」

重太郎は訴えたが。

「ならぬ」

理由は言わず、父はただ駄目だと言った。

「兄上、私も剣術が習いたいのです」

兄の重蔵にも訴えた。

「わかった。私から父上にお願いしてみよう」

重蔵は何度か父に頼んでくれたようだが、父は首を縦《たて》にはふらなかった。

何故、父は剣を教えてはくれないのか。それは、父が泣いていたことに何か関係があるのだろうか。

　重太郎が剣術を習いたいと言う。

　習いたいと思うのが必然だ。重太郎も武士の家の子、重左衛門の子なのだ。

　重太郎は普通に野山を走って遊んでいる。

　あれならば、木剣をふるくらいのことは、やっても構わないのではなかろうか。

「体に負担のかかることは、なさらないほうがよいと存じます」と、医者の良庵が言ったのはもう七年も前のことだ。

　良庵は七年前の診立てのあと、風邪をこじらせて死んだ。

　もちろん、他の医者にも診せた。

「確かに心の臓が弱いかもしれませんなぁ」と医者は言う。

「良庵先生の言われるよう、無理はなされず過ごさせるのが、よろしかろう」

「あのように野山を走り回っている」

「野山を！　いけません。すぐに止めさせなさい。何があっても責任は負いかねますよ」

「大丈夫」と言って、なにかあった時に自分が責任をとるのが嫌なのだ。

そう思う一方で、良庵の「見た目は元気に見えましても、もって生まれた弱さは克服出来ぬものでございます」と言った言葉も頭にくっきり焼き付いているのだ。

どうしたものか。

今日も重太郎は箱崎八幡に参っているのだろう。

つぢが生まれるまで、重左衛門が芳江に代わり箱崎八幡に詣でていた。

重太郎が五歳になった時、これからは自分の道は自分で歩かせたほうがいいと考えた。重太郎自身に箱崎八幡に参るよう命じた。もちろん、供《とも》の者はつけた。

するとと重太郎は、お百度詣りなどせず、供の者をまいて、箱崎八幡の裏山を駆け回って遊ぶようになった。

供から話を聞き、止めさせようかとも思った。

だが止めさせる前に一度隠れて様子を見に行った。裏山を駆け回る重太郎は楽しそうだった。子供なんだ。走りたいんだ。疲れれば自分で休む。野山を走ることまで禁じることはあるまい。

その子が今、「剣術を習いたい」と言う。

重左衛門は思案した。

武士の子なら、剣を学んで死ぬのは本望なのではないか。健康な子でも、過酷な修行で死ぬこともあるのが剣の道だ。

だがみすみす死ぬとわかって剣を持たせるわけにはゆかぬ。この子には生きていて欲しい、という想いもある。

考えに考えた。

そして、重左衛門は箱崎八幡にすべてを託すことにした。

来月、重太郎とともに箱崎八幡に参り、おみくじを引き、「吉」と出れば剣術を習わせよう。重左衛門は決めた。


いつも重太郎の供をしていた下僕《げぼく》の三吉爺《さんきちじい》さんが死んだ。もう、還暦《かんれき》を過ぎていたから、まぁ、天寿であったのだろうが、あまりにあっけない死だった。

その日、いつものように、重太郎と三吉は箱崎八幡に行った。

箱崎八幡は名島の城から北に半里ほどのところにある。あたりに人家も少なく、社《やしろ》のまわりは森が茂っている、緑多き社である。社殿の裏は小さな丘になっていて、丘の斜面をよじ上り、駆け降りるのは子供にはかなり楽しい遊びであろう。丘の先には池もあり、海鳥がここまで羽を休めに飛んで来ることもあった。

正面の参道から社殿までは短い石段がある。

　重太郎は石段を駆け上がる。老人の三吉は駆け上がることが出来ず、仕方なく石段に座って待っている。一時《いっとき》ほど裏山を走り、石段に戻った。ここ二年ほど、それが日課だった。

「三吉、帰るぞ」

　重太郎が声を掛け行こうとすると、

「若様、しばらくお待ちください」

三吉が言った。

「どうしたのじゃ」

「いえ、その……」

三吉は言い難《にく》そうに顔を上げた。その目に薄っすらと涙が浮かんでいた。

「な、なんだよ?」

「若様、どうか父上をお怨《うら》みにならぬよう」

「父上を怨むことなどない」

「父上が若様を道場に入れないのは、若様のお体を気遣《づか》ってのことでございます」

「それはわかっておる。私は幼い時に体が弱かったのだ。だが、今は違う。幼い時の私とは違うのだ」

「それでも親は心配なのです。若様に万一のことがあったらと」

「三吉、私は武士の子だ。一度《ひとたび》戦さとなれば、戦さ場で死ぬことは厭《いと》わぬ。戦さ場で死ぬ前に、道場で剣を手にして死ぬとしたら、無念ではあるが、それも運命《さだめ》。何もせずに死ぬのは御免だ」

「お武家のことは爺にはわかりません」

そう言うと三吉は顔をあげた。

「だが、武家でも百姓でも親は親です。親は自分より先に子が死ぬことが何よりも哀しいのでございますよ」

それが重太郎が三吉と話した最後だった。

昔、体が弱かった。それはもう治ったのだ。心配など要《い》らぬ。要らぬ心配を父も三吉爺さんもしているだけだ。

だが、普段は何も喋《しゃべ》らない三吉が死を前にして語った話は、重太郎の胸を貫いた。

三吉も泣いていた。父が泣いていたのも、重太郎の身を案じてのことだったのか。

父に心配は掛けたくはない。だが、剣は学びたい。どうすればよいのだ。

道場からは竹刀の音と、若い門弟たちの声が響いていた。何気《なにげ》に道場の裏手にまわると、武者窓から中が見えた。今までは自分の背のはるか上だった武者窓が、ちょっと背伸びをすれば届く場所にあった。中を見ると、素早い動きで竹刀をあわせる門弟たちの姿が見えた。

とりあえず、あの動きを真似《まね》てみよう。重太郎は食い入るように、門弟たちの竹刀の動きを追った。


箏の音がする。

誰が弾いているのだ?

それにしても下手糞《へたくそ》な音だ。

「誰が弾いておる」

「重太郎様にございます」

若党が答えた。

「重太郎が箏を？」

所用が片付いたら、箱崎八幡へ行き、「吉」と出れば剣術を教えようと思っていた。その矢先、重太郎は箏を弾きはじめた。

何がどうなっている。

「父上！」

「重蔵か。重太郎はどうしたのだ」

「何故かわかりません。剣の道は諦めたゆえ、これからは箏を奏《かな》でて生きる、と申しております」

「箏を奏でて生きるだと？」

「はい」

「剣術はどうする？」

「命あってのもの種とも」

「なんだ、それは？」

調子のはずれた音が響いてくる。

命が惜しくて、剣の修行を止めるというのか。なんたる腑《ふ》抜《ぬ》けだ、少し怒りを感じたものの、内心では重左衛門は安心をした。

それならそれで、よかったんじゃないか。とりあえず、重太郎が道場で命をなくすことはなくなったのだ。それにしても……。

重左衛門は苛《いら》っとした。あまりにも調子のはずれた奇異な音だ。

「箏を奏でたくば、わしが留守の時に奏でよ」

三

世の中に天才という者は何人かはいるのだ。

時の天下人、豊臣秀吉は処世術、人心掌握《しょうあく》術に長《た》けたことで世に出たと思われがちだが、実は武将としての資質にも優れた、ある意味、天才であった。秀吉は戦さ場においても多くの槍《やり》働きを見せている。弘治《こうじ》元年（一五五五）、木下藤吉郎《きのしたとうきちろう》を名乗り今川《いまがわ》の臣、松下嘉兵衛《まつしたかへえ》に仕えていた秀吉は、その初陣《ういじん》において、北条《ほうじょう》方の武将、伊東日向守《いとうひゅうがのかみ》を一騎打ちで倒して首級を挙げている。元亀《げんき》元年（一五七〇）、織田信長が越前《えちぜん》を攻めた金《かね》ケ崎《さき》の戦いでは、浅井軍の裏切りに遭《あ》い挟撃を食らった信長は、退却を余儀なくされた。そのおり、殿軍《しんがり》を務めて、織田軍をほぼ無傷で撤退させたのも秀吉の働きである。

秀吉が武将として優れていたのは、兵法家でもあった松下嘉兵衛の道場の武者窓から、門弟たちが稽古をするのを観察し、武芸の腕と兵法を習得したからだと言われている。見ていて覚えた、器用もあるが、やはり天才のなせる技なのだろう。

重太郎もまさに、武芸においては天才的なものがあった。

重太郎は道場の武者窓から、毎朝、門弟たちの稽古をじっと見ていた。そして、剣の形や間合いを覚えると、箱崎八幡に走り、大木を相手に木剣をふり、武術の技を習得した。

重左衛門や重蔵が屋敷に居る時は、ひたすら下手な箏を奏でて、武芸には関心のないふりをした。

いつか一人前の武芸を身につけ、その時に父に認めてもらえばいい。それまでは、父に心配は掛けまい、重太郎はそう思い、ただ木剣をふった。

そうしてさらに三年が経《た》ち、重太郎は十五歳となった。

母の縁者で、具足《ぐそく》奉行、五十石、薄田《すすきだ》七左衛門《しちざえもん》には子供がいなかった。

「うちの養子に迎えて、重太郎に跡取りになってもらうわけにはまいりませんか」

七左衛門から重左衛門に申し入れがあった。

具足奉行は城の鎧兜《よろいかぶと》の管理が仕事で、さして武芸が出来なくてもさしさわりはない。

重左衛門にとっては願ってもない話だ。

箏の腕はまったく上がっていない。もともと重左衛門を安心させるために弾いているので、うまくなろうなどという気もない。

箏は迷惑なだけだが、具足の管理なれば、小早川家の役にも立つ。

「どうじゃ、重太郎、薄田家に参らぬか」

「私でお役に立てるのなら、薄田家に参ります」

「うむ。なれば、これを持って参れ」

岩見家の家宝でもある、正宗を一振り、重太郎に持たせた。

「待て、箏は持ってゆくな」

「何故でございますか」

「あれは芳江が嫁入り道具に持ってきた大切な箏だ」

芳江もつぢも箏を弾くことはないのだが、薄田で重太郎に箏を弾かれては、七左衛門や家族の者、奉公人が迷惑する。うっかりすれば離縁されかねない。それゆえ箏は持たせなかった。

こうして重太郎は、岩見家を出て、薄田家の養子になった。

のちに重太郎が豊臣家に仕えて、薄田を名乗るのは、この時に養子に行っていたからである。

重太郎は、薄田家では毎日、ごろごろして、何もしなかった。城への出仕は十日に三日。実際の具足の手入れは部下たちがやる。重太郎は七左衛門が帳面の確認をするのを横で見ているだけだ。七左衛門が隠居をすれば、帳面を確認する仕事を引き継ぐ。

箏を弾いていた時間がまるまる暇になった。仕方ない。昼間は寝ていることにした。そして、七左衛門たちが寝静まってから、毎日木剣をふっていた。いざ小早川家に何かあった時には、お役に立ちたい。それが武人の務めだから。その時が来るまでは、誰に認められなくてもいい。

さらに三年が過ぎた。

「毎日、ごろごろ寝てばかり、よく飽きないものだ」

七左衛門は呆《あき》れた。

「せめて神信心くらいしたらどうだ」

「神信心でございますか」

「左様」

「なれば箱崎八幡に参りたいと存じます。箱崎八幡はたいそうご利益があると申します」

「なれば、城に参る日以外、日参いたしてみたら、どうであろう」


三年ぶりに箱崎八幡に詣でた。

八蔵《はちぞう》という若い下男が供についた。

鳥居も参道も、石段も、うっそうとした森も。近くの池も何もかも、何も変わってはいなかった。

もう裏山を走るわけにもゆかないが、やはりここに来ると落ち着くのは、両親が自分のために心を込めて祈ってくれた場所だからであろう。

神信心に行ったら、運命の出会いが待っていたのは、まさに神のお導きなのだろうか。

供に女中を連れた武家娘が参拝に来ていた。

風で飛んだお嬢様の被衣《かつぎ》を重太郎が扇で受けた。

「八蔵、お届け申せ」

この時代の武士は、細かなことは下男にやらせるものだった。

お嬢様も同じだ。自分で受け取らない。供の女中が受け取る。

「失礼でございますが、どちらの若様でいらっしゃいますのでしょうか」

女中が聞いた。

「へえ。具足奉行の薄田様の御養子ですが、戸田流剣術指南役、岩見重左衛門様の御次男、重太郎様でございます」

八蔵が答えた。

なるほど。薄田家と岩見家では、岩見のほうが格が上だ。また、岩見重左衛門が武芸者として名が通っているため、重左衛門の息子だというと重太郎の格が上がる。

八蔵という下男は気の利《き》く男だ。自分の主人の格を少しでも上に見せようとする。頼まれもしないのに気がまわる。

この場は別れた二人であった。

この武家娘は誰かというと、小早川家の宿老、鳴海飛騨守《なるみひだのかみ》の娘、綾衣《あやぎぬ》。

綾衣は屋敷に戻ると、なんだか体の加減が悪くなり、そのまま寝込んでしまった。

恋煩《こいわずら》いというヤツだ。

「娘はいかがいたしたのだ」

父の飛騨守が女中に問うに、

「実は箱崎八幡で」

「ふむ、して相手は何者だ？」

「今は具足奉行の薄田様の御養子ですが、戸田流剣術指南役、岩見重左衛門様の御次男、重太郎様でございます」

言われて飛騨守、烈火のごとく怒るかと思えばさにあらず。

「岩見重左衛門の次男重太郎、噂《うわさ》では病のため剣の道を捨て、薄田に養子に行ったと聞くが、それは仔細があってのことではなかろうか」

飛騨守、人を見る目があった。

いや、あったのか、なかったのか。この先の数奇な運命を考えたら、娘の恋には反対しておいたほうがよかったのかもしれない。

しかし、ここで重太郎と綾衣が出会ったのも、そして、二人が結ばれるのも、箱崎八幡、神の導きだったのだろう。

四

小早川家の宿老、鳴海飛騨守の使者が岩見重左衛門の屋敷を訪れたので、重左衛門も重蔵も驚いた。

一体何事だろう。小早川家存亡に関わる一大事が起こったのか。

それが重太郎と飛騨守の娘との縁談だと知り、重左衛門は二度驚いた。

おそらく薄田家は大喜びであろう。鳴海家と縁が出来れば、重太郎が当主となったのちには、出世も望めよう。

だが、武芸の心得《こころえ》のない重太郎に、具足奉行以外の役職が務まるのであろうか。何か重要なお役目を任されて失策すれば、岩見家の恥にもなる。

「どう思う、重蔵」

父は兄に相談した。

「いやいや、重太郎は、何かと気遣いの出来る男でございます。武芸では後れを取るかもしれませんが、お城勤めはかえって向いているのかもしれません」

「なら、よいのだが」

重蔵は楽観的に言うが、重左衛門は不安であった。

というのも、鳴海の娘の綾衣はたいそうな美女だという噂。家柄もよく美女となれば、綾衣を嫁に迎えたいと思っていた男も多いだろう。もしかしたら、その者たちの恨みを買うことにはならないか。


重左衛門の不安は的中した。

重太郎と綾衣の結納《ゆいのう》が調い……。薄田七左衛門が大喜びで、「これで重左衛門殿への面目が立つ」と言い、とにかくこの婚礼に積極的に動いた。重太郎も義父の喜びようを見て、いずれは妻を娶《めと》らねばならぬのだから、親が喜ぶ相手と結ばれるのなら、よしとしようと思った。

「英雄色を好む」、というが、英雄がすべからく女好きとは限らない。してみれば綾衣のほうが恋煩いになって、意中の相手を射止めた。なんにせよ、お嬢様の恋煩いは最強である。

重左衛門の懸念《けねん》の通り、綾衣に想いを寄せていた男がいた。鳴海家と同格の、小早川家のもう一人の宿老、野村金左衛門《のむらきんざえもん》の息子の金八《きんぱち》だ。

「野村様、お聞きおよびとは思いますが」

酒席で余計なことを言ったのが、金八の取り巻きの一人、小谷鉄蔵《こたにてつぞう》だ。

「鳴海家のお嬢様が、薄田重太郎という者と縁組をするそうでございます」

「誰だ、薄田……」

「具足奉行、薄田七左衛門の養子で」

「具足奉行？　なんでそんな下っ端の息子と綾衣殿が」

「いや、重太郎という奴、もとは剣術指南、岩見重左衛門の次男で」

言われて、金八、ますます面白くない。というのも、金八、そこそこは腕に覚えがあった。そこで、御前試合で、重太郎の兄の重蔵と立ち合ったが、こてんぱんに負けたのだ。

だが、家同士で決めたことゆえ、今さら、他人の金八にどうこう出来る話ではない。

糞！　父上がもっと早く、鳴海に縁談を持って行ってくれれば、綾衣をみすみす取られることはなかったろうに。しかも格下で、金八が遺恨に思っている岩見家の次男と聞いては、悔しくてしょうがない。

この上は、薄田重太郎とかいう奴をいびり倒してやろうかと思ったが、相手は岩見の次男だ。何せ、兄の重蔵に歯が立たなかったのだ。弟もそれに匹敵する腕なら、うっかりした真似は出来ない。

「ご安心ください、野村様」

もう一人の取り巻き、桜井留五郎《さくらいとめごろう》が言った。

「何が安心なんだ?」

「重太郎という奴は、兄の重蔵と違って、剣術はまるで出来ません」

「剣術が出来ないとはどういうことだ?」

「病のため剣の道は捨てたと聞きました」

「武士が剣の道を捨てたのか」

「命あってのもの種です。それで武芸の腕の必要がない、具足奉行の家に養子に行ったと聞きました」

「それはまことか」

それが真実なら、まだ自分にも目があるかもしれないと金八は思った。

鳴海飛騨守や綾衣の前で重太郎を叩きのめしてやれば、あまりに頼りない奴を婿には出来ないと破談になる。そうなった時に、改めて綾衣との縁談をすすめればよいのだ。

だが、もし重太郎が強かったら、どうする？　相手はなんと言っても岩見重蔵の弟だ。道場では修行をしていなくても、秘かに重蔵が稽古をつけていないとも限らない。

とりあえず重太郎がどの程度の腕なのか、ひとつ試してやろうじゃないか。

「お前たち、ちょっと頼みがある。悪いようにはしない」

金八は鉄蔵と留五郎の耳元でなにやら囁《ささや》いた。


数日後、重太郎はいつものように箱崎八幡に参詣に出掛けた。その日は八蔵は別の用事があり供を出来なかったので、重太郎は独りだった。

重太郎が独りなのを見計らったように、重太郎の前に立ちはだかる四人の武士、小谷鉄蔵、桜井留五郎とあと二人、田中左近《たなかさこん》、篠崎源太《しのざきげんた》、いずれも野村金八の取り巻きだ。

「薄田重太郎とはおぬしか」

鉄蔵が聞いた。

「いかにも。私が薄田重太郎ですが、何か御用ですかな」

「御用も何もあるか。おぬし、武士のくせに剣術がまるで出来ないそうだな」

こいつらは一体なんだ、と重太郎は思ったが、すぐにわかった。

「剣術も出来ないおぬしが、御重役、鳴海様のお嬢様と婚礼とは言語道断。剣術も出来ぬのに小早川家のお役に立てると思うのか。すぐに鳴海家に縁談の断わりを入れにゆくか、それとも我々に叩きのめされるか、二つに一つを選べ」

こいつら、鳴海の綾衣殿に懸想《けそう》をしていて、それを重太郎に取られたのが悔しいってんで、文句を言いに来た。言いに来ただけではないな。重太郎が弱いという噂を聞いて、脅して縁談を止めさせるか、止めなければ痛めつけて、うっぷんを晴らすつもりらしい。しかも一人じゃない。四人掛かりで来るというのか。

汚い野郎たちだから、逆に叩きのめしてやりたいが、重太郎自身、誰かと剣を交えたことはない。父の道場で多くの門弟の稽古を見てきたので、強い弱いの見当はつく。この四人は岩見の道場でなら弱いほうだ。だが、相手が四人となれば勝てるかどうかもわからない。

八蔵がいれば、あいつは何事も如才《じよさい》ないので、八蔵が武士たちの相手をしているうちに逃げてしまうというのもありだが、あいにく八蔵はいない。いや、奴らは八蔵がいないのを見て現われたのかもしれない。案外、用意周到《よういしゅうとう》な奴らだ。

　ここで立ち合って、うまく叩きのめしても、何か罠《わな》を仕掛けているのかもしれない。どうするか。仕方がない。ここは二、三発殴られて、やり過ごすのが賢明だ。痛いくらいは我慢しよう。

　そう思った重太郎は、

「某《それがし》、剣術のほうは、からっきしではございますが、算盤《そろばん》の腕が立ちますゆえ、綾衣殿と夫婦になったのち、必ずや算盤で小早川家のお役に立つ所存にございます。方々《かたがた》、なにとぞご容赦ください」

　そう言うと、八幡社の参道の砂利道に、土下座をした。

　鉄蔵たちは重太郎が土下座をしたので、こいつは確かに弱いに違いないと安心した。もしも強かったら面倒だと思い四人で来たのだ。弱いとなれば、しめたもの。よし、これで四人で思いっきり、ぶん殴ってやろうと思ったのだから、碌《ろく》な奴らではない。

　同じことを少し離れたところで見ていた金八も思った。

　重太郎が弱いなら、とことん痛めつけて、何が何でも鳴海に縁談を断わりに行かせるまでだ。サイコロは自分のほうに転がった。

「待て待て待て待て」

金八が現われたので、鉄蔵たちは道をあけた。

身なりの立派な武士が来た、おそらく重臣の身内だ。助けてくれるのかと、重太郎は思ったが、どうやら違うらしい。

「やいやい、薄田重太郎！」

金八は声高に言った。

「いかにも、私が薄田重太郎ですが、何か御用か」

「御用も何もあるか。かかる弱い武士、武士の風上に置けぬうつけ者が、鳴海のお嬢様と縁談とはけしからん。もしもすぐに断わりに行くなら勘弁してやるが、行かぬとあらばこの野村金八が、今、この場で成敗してくれる」

言うと、金八は腰の刀を抜いた。
二、三発殴られるのは我慢しようと思った重太郎だが、刀を抜かれた。もちろん脅しだろうが、うっかりすると斬られかねない。斬られるのは我慢が出来ない。出来ないわけだ、死んじゃうから。
それに刀を抜いた野村金八というこの武士は、そんなに弱くもない。他の四人と違い、そこそこは使えるのがわかった。どうしたらよいか。

「どうする、縁談を断わるか、わしの刀の錆《さび》になるか」

金八は昂《たか》ぶって言った。

「縁談は断わりません。刀の錆にもなりません！」

仕方がない。重太郎はきっぱりと言った。

「な、なんだと、貴様……」

金八は抜いた刀を中段に構えると、重太郎の鼻先に突き出した。

じりじりじり、金八は重太郎を追い詰める。神社の石灯籠《いしどうろう》まで追い詰めた。もうあとはない。

「どうする、薄田重太郎！」

怒鳴る金八を前に、重太郎は、

「嫌だ。おぬしの言うことは聞けぬ」と言った。

「おのれ、手は見せぬぞ」

金八は持った刀を上段からふりおろした。「えい！」手ごたえあった。と思ったが、重太郎の姿はそこにはなかった。重太郎、体をかわすと、その場に尻餅をついた。正しくは尻餅をついたふりをした。金八の刀に驚いた風を装った。

金八の刀は石灯籠に当たり、真ん中から曲がってしまった。

「お、お助けください」

重太郎はわざと怯《おび》えた声を出した。

刀が曲がって、金八は頭に血が上った。

「もう、許せん。おい、お前たち」

「はっ」

金八の刀は使えない。お前たちがこの男をズタズタにしてくれなければ怒りは収まるものではない。

「構わぬ。この者を斬れ。斬り捨てろ」

金八に言われ、鉄蔵ら四人が刀を抜いた。

四人は刀なんか抜きたくはない。金八が宿老の息子だから、出世のおこぼれに与《あずか》ろうと従っているだけだ。鳴海の綾衣を嫁にもらう重太郎には腹が立つから、ぶん殴ってやろうくらいは思っていたが、殺そうとまでは思ってはいない。刀は抜いたものの、どうしたものかと思っている。

その隙をついて重太郎は逃げた。

「な、何をしておる。追え。そして、斬れ！」

金八に怒鳴られて、これは斬らないと、あとで責められるから、しょうがない、重太郎、悪く思うな。鉄蔵たちは抜き身をさげて追い掛けた。

鉄蔵は金八には日頃世話になっているから、一生懸命追い掛けたが、他の三人はなるべくなら人なんか斬りたくないから、ややゆっくり目に走った。

重太郎は池のほとりまで逃げた。

「待て」

すぐ後ろまで鉄蔵が迫った。しょうがない。重太郎は鉄蔵の腕を摑《つか》み、「えい！」。そのまま池に投げ落とした。

次に来たのは、留五郎。見ると、重太郎はいるが、先に追っていたはずの鉄蔵はいない。どうしたんだろうと思ったが、

「斬れーっ」

はるか後ろで金八の声がするから、もう自分がやらないわけにはいかない。勘弁してくれよ、という気持ちで、「だーっ！」怒声を上げて斬りつけてきたのを、ひらり、重太郎が体をかわしたものだから、留五郎もそのまま池に落ちた。

もう面倒くさい。あとの二人も。「えい！　やぁ！」池に投げ落とした。

最後に金八が来た。

四人がすでに池に落とされていた。

しまった。重太郎は弱いふりをしていただけか。思った時は遅かった。金八に刀はない。小刀を抜こうとした金八の腕を、重太郎は懐に飛び込んで押さえると、そのまま、

「どりゃーっ！」

柔術の一本背負いでぶん投げた。金八も池に落ちた。池に投げれば怪我もしまい。重太郎の思い遣《や》りだった。


誰が見ていたのか。重太郎が五人の武士を池にぶん投げた噂がまたたくうちに広まった。

薄田家に重蔵が飛んで来た。

「すっかりお前に騙《だま》されていたのか」

「兄上、申し訳ございません」

「とにかく木剣を持って庭に出ろ」

木剣を持って対峙《たいじ》すれば、重蔵には重太郎の腕のほどがわかる。まともに立ち合えば互角、いや、おそらく重太郎の腕が勝っている。

「どうやって、この腕を身につけた。まさか見ていて覚えたのか！」

うなずく重太郎に、重蔵は途方もないものを感じた。

もしも見ていただけで、これだけの腕を身につけたとしたら、まともに修行したら、どれだけの腕になるのだろう。

「重太郎、今から道場へ来い」

重蔵は言い、二人はふたたび道場で対峙した。

「お前の剣技は小早川家のお役に立てねばならぬぞ」

「もとより。そのつもりでございます」

「うん。ならばよい」

重蔵は言うと、木剣を正眼《せいがん》に構えた。

「よいか。重太郎、おぬしの腕はもしかしたら私よりも勝るかもしれぬ。だが、真の剣の道はひとつではない。わかるか、重太郎」

「はい。兄上」

「よし。なれば。おぬしには、私が父上より教わった、戸田流の奥儀《おうぎ》を教えてつかわす。しかと覚えよ」

かくて重太郎は重蔵より、戸田流の奥儀を習い、誰はばかることなく、岩見の道場に通い、さらに剣の修行を積んだ。

これには重左衛門もおおいに喜んだ。

こんなことなら養子に出さなければよかった、と後悔もしたが、薄田に養子に行ったことで、鳴海家と縁が出来た。いや、それ以上に、幼い時に重太郎を殺さなくてよかった、としみじみ思った。

鳴海家との縁組がなくとも、これだけの剣の腕があれば、重太郎も出世をするだろうから、重蔵、重太郎で小早川家を守り立ててゆけば、それでいい。

薄田重太郎が五人の武士を池に投げ落とした、この噂は小早川隆景の耳にも入った。

「すぐに薄田重太郎をこれに呼べ」

隆景の命令で、重太郎は城に呼ばれた。

隆景の前に平伏し、盃《さかずき》をいただいた。

重太郎が盃を手にした時、左右の襖《ふすま》が開いた。右に三人、左に三人、襷《たすき》を掛けて戦闘用意を整え、木剣を手にした武士が現われた。

隆景が重太郎の腕試しをしようと用意していたのだ。

左の一人が打ち掛かった。重太郎は体をかわして打ち掛かった武士の小手《こて》を白扇で打った。武士が木剣を落とした。重太郎は木剣を拾うと、右左右左、打ち込んで来た四人をたちどころに倒した。

最後の一人が打ち掛かろうとしたのを、「えい！」、重太郎は気合でその手足を止めた。

「やぁ！」

そして、気合だけで、最後の一人を倒した。

「あっぱれ」

隆景はおおいに喜んだ。

その場には鳴海飛騨守もいた。綾衣の父だ。

どうだ、うちの婿は凄《すご》いだろう。うちの娘の目に狂いはない。小躍りしたいくらいだが、じっとこらえた。

「飛騨、薄田重太郎に五百石とらせよ」

具足奉行五十石の薄田家が、隆景の一言で十倍の知行をもらった。

飛騨守、重左衛門も喜んだが、一番喜んだのは薄田七左衛門。万事めでたし、めでたし、のはずだった。

五

「御免」

突然、薄田の屋敷を訪ねて来た武士がいた。

鳴海、野村と並ぶ、三人目の宿老、大谷津太夫《おおたにつだゆう》の息子、三平《さんぺい》であった。

「この度は殿より五百石の知行を拝領なされた。まことにめでたきことにござる」

体の大きな男で、日々剣の鍛錬《たんれん》をしているのだろう。体から覇気が感じられる。

七左衛門も八蔵も留守だった。七左衛門の留守を狙《ねら》って訪ねて来たのだろう。

「何御用にございますか」

重太郎が出て挨拶をした。

「申し遅れた。拙者は大谷三平、お聞き及びもあろうと思う。小早川家、決死組の組長を務めている」

決死組？　聞いたことはある。中士の子弟の中で、腕に覚えの者たち、約三十人の集いである。小早川家にことある時は、命を賭して戦う武勇の士たち、という触れ込みだが、たいしたことはしていない。集まって酒を飲むだけである。酒を飲むには金がいる。金の出処《でどころ》は城下の商家を訪ね、「いくらか決死組に寄進を賜りたい」と集めた。寄進を断われば、そこらへんの物を壊したり、奉公人を殴ったりする。「世の中は物騒だ。不逞《ふてい》の輩《やから》がこのような真似をした時に、みどもらが守ってやろうと申しているのだ」。いや、お前らが不逞の輩だろう。だが、商家としてはわずかな金で済むならと、いくらか包む。「来月もまた来る」毎月来られちゃたまらないが、相手は小早川家の家臣の身内だから逆らえない。毎月、相応の金を包まねばならないので、困っている。

「決死組が何御用にございますか」

「さきほど申した通り、薄田殿の五百石拝領のお祝いがしたい。一献《いっこん》差し上げたいがいかがか」

「いかがかと申されても。ただ今、義父が外出中ゆえ、勝手に屋敷をあけるわけには参りません。後日、改めておうかがいいたそう」

「嫌だ」と言えば角が立つ。同じ小早川家の者だから、ぎくしゃくしても困るから、義父の外出を理由に断われば角も立つまいと思ったが。

「いやいや、なんとしても来ていただきたい。と申すのも、もし明日戦さとなれば、ともに戦わねばならぬことになる。命を預ける相手を知らずして、なんでともに戦えよう。ただ半刻《はんとき》(一時間)、ともに酒を酌み交わしておきたい。お付き合い願いたい」

そう言って、大谷三平は慇懃《いんぎん》に頭を下げた。

そう言われれば、出掛けぬわけにはいかない。

柳屋《やなぎや》という料亭は博多の街でも有名な店で、藩の重臣たちが時々会合に使う店だ。噂の通りだ。中士の子弟が親からもらう小遣い銭で飲める店ではないことくらいは重太郎にもわかった。商家から強請《ゆす》りとった金で、こんな店で飲んでいる。やはり一刻も早くこの場から辞そう。

部屋に通されると、そこには五人の男がいて、畳に両手をついて平伏していた。

「騙して悪かった」

三平が言った。

「この者たちが貴殿に詫びたいと言うので、来ていただいたのだ」

平伏しているのは、野村金八、小谷鉄蔵、桜井留五郎、田中左近、篠崎源太、重太郎を襲って池に叩き落とされた五人だった。

「野村殿は無礼を詫びたいと申して、某に相談されたのだ」

三平は言い、頭を下げた。

「どうか、野村殿をお許し願いたい」

畳の上とはいえ、武士が両手をついて頭を下げている。同じ小早川家の臣だ。許してやって水に流してもよいのではないかと、重太郎は思ったが、いやいや、重太郎だったからことなきを得た。別の者が五人の武士に襲われては、抗する術《すべ》なく命を落としていたかもしれないのだ。

「野村殿、その詫びの心は真実であるか」

重太郎は聞いた。

「女色に迷いしゆえの失態、どうか、どうか、ご容赦《ようしゃ》くだされ」

金八は深々と頭を下げた。

「野村殿もここまで申しているのだ。薄田殿、許してたべ」

三平が言った。

仲裁は時の氏神と言う。間に入る者がいる以上、ここで矛を収めるべきかもしれない。

「わかりました。野村殿、この度のことはなかったことにいたそう」

重太郎は言った。

「うん。それでこそ、真の武士。流石は岩見重左衛門殿の御子息」

三平が言った。

「かたじけない。薄田殿」

金八はもう一度頭を下げた。肩のあたりが震えていた。やはり頭を下げるのは、おのれに非があろうと、いや、おのれに非があるからこそ屈辱であろう。

「おいおい、酒の支度をいたせ」

三平が次の間にいる者に声を掛けた。

「いや、酒は遠慮いたそう。これで用は済んだはずだ」

重太郎は言った。

「いやいや、折角、野村殿の件が片付いたのだ。改めて一献いこう」

三平は重太郎に上座を勧めた。それでも重太郎が拒むと、

「もしや、薄田殿、巷《ちまた》の噂を気になされているのか」

三平が言った。

「我ら決死組が町家より金を強請り、その金で酒を食らっているという噂」

噂になっていることを知っているのか。

「そのような噂は根も葉もないものよ」

三平は笑った。

「決死組は真の武士の集まり。町家を脅して金をせびるなど、間違ってもいたさぬ」

いや、柳屋の勘定は中士の小遣いでは足りぬであろう。重太郎が怪訝《けげん》な顔をしたのを察したのだろう。

「今宵《こよい》の宴の費用は、薄田殿への詫びで、すべて某が持つ約束」

金八が言った。

「今宵は野村殿が費用を持つゆえ、このような店に来たのだ。我らが普段飲むのは川岸の安酒屋でござるよ」

三平がそこまで言うので、重太郎は上座に座った。左に金八、右に三平、下座に小谷鉄蔵、桜井留五郎、田中左近、篠崎源太の四人が座し、酒肴《しゅこう》が運ばれた。

「まずは某の盃を受けていただきたい」

金八が盃を出した。三合は酒の入る盃に、金八はなみなみと酒を注いだ。

「グッと飲んで、これで仲直りといたしたい」

「わかりました。では」

重太郎は盃を飲み干した。酒には慣れてはいなかった。しかし、盃を拒めば、角が立つということはわかった。

「見事見事。次は某の盃も受けていただきたい」

三平が酒を注いだ。

それも飲み干すと、

「お前たちもお注ぎしろ」

鉄蔵ら四人とも盃を交わした。

金八たちは一杯ずつしか飲んでいないが、重太郎は六杯飲まされた。二升近くの酒が腹に入った。酒を飲んだことがないわけではないが二升飲んだのははじめてだった。

「厠《かわや》に参りたい」

「行かれるがよかろう」

三平が言った。

重太郎は立ち上がったが、やや足元がおぼつかなかった。これが「酔い」というものなのかと思った。それでも踵《かかと》をしっかりとつけて歩けば、まっすぐに進めた。

「御免」

「ごゆっくり参られよ」

背中に声を掛けた三平の横で、金八のクスッと笑う声が聞こえた。わずかな酒に酔ったのがおかしいのか。こっちは酒に慣れていないのだ。いたし方あるまい。これ以上酩酊《めいてい》せぬうちに辞するがよかろう、と重太郎は思った。

重太郎が厠から戻ると、金八たちはいなかった。

どうしたのだろう。

先に帰ったのか。

とにかく、金八たちがいないのなら丁度よい。自分も帰ることにしよう。

日はとっくに暮れていたので、柳屋で提灯を借りた。

柳屋を出た時は、足元がおぼつかなかったが、掛川《かけがわ》の堤に出たら、いい風が吹いてきて気持ちがよかった。風に吹かれ、少しずつ酔いが覚めてきた。

しかし、なんだろう。金八たちは、なんで先に帰ったのか。

仲直りが出来たのでそれでよかったのか。酩酊した重太郎への気遣いか。それとも何か、急な用事で帰ったのか……。


土手の風に吹かれながら、ゆっくりと歩いた。

すると土手の先から闇の中をくぐりぬけて走ってくる十数名の武士の一団がいた。何か急いでいるのか。重太郎は道をあけた。

武士たちは重太郎の少し前で止まった。

「薄田重太郎だな」

先頭の武士が言った。

重太郎が頷くと。

「覚悟!」

先頭の武士が抜刀し、斬り付けてきた。

重太郎は後へ一間、飛んで武士の刃をかわした。武士の刃は重太郎の提灯を落とした。

武士たちがいっせいに抜刀した。

なんだこやつらは？　なんだって襲ってくるんだ。人違いか。いや、「薄田重太郎か」と聞いた。これは重太郎を闇討《やみう》ちにしようというものだ。

逃げるか。

そう思ったが、後からも駆け来る十数名の足音がした。彼らもまた、重太郎の五間ほど後ろでいっせいに抜刀した。

「拙者は薄田重太郎、何の遺恨があってのことか」

闇に叫んだが、答えはなかった。

闇の中で白刃の動く気配と、高鳴る殺気だけを感じた。

ドッと汗をかき、酒の気はかなり抜けたと思われるが、これだけの数を相手に、この場を抜けきれるのか。

相手は手だれで、気を抜けば斬られる。

じりじりと間合いを詰められている。

正面からもの凄い殺気を感じた。

「御免」

上段から斬りおろして来た武士を、抜き打ちで倒した。肉を斬る、そんな重さが手に伝わった。同時に、血が噴出したのだろう。生温かいものを浴びた。人を斬った。だが、そんな感慨に浸っている暇はなかった。

「どりゃーっ」

右から斬りかかってきた敵の胴を、ほぼ勘だけで斬った。二人斬った。

敵は二人斬られた。またたく間に二人斬られたことに驚き、少し後退したようだ。

「ひるむな、斬れ」

声に聞き覚えがあった。大谷三平だ。

何故、大谷が闇討ちを。おそらく、後で糸を引いているのは、野村金八だ。野村金八に頼まれて、大谷と決死組が闇討ちを仕掛けたということか。

だが考えている暇はない。相手なんか誰でもいい。今は襲い来る白刃をかわさねばならない。そのことに集中しなくては。

強い殺気を前後で感じた。前の一人を下段から斬り上げて倒し、もう一人を上段から斬り伏せた。

さらに強い殺気が襲ってくる。何も見えない。相手の殺気が頼りで、白刃をよけ、敵の喉と思える場所を狙った。

また、血潮を浴びた。手が滑る。刀も切れ味が悪くなる。

「だーっ！」

　また前から敵、相手が刀をふり降ろす前に突いた。抜けない。自分の刀は諦め、足に倒れている敵の刀が触ったので拾った。

「どりゃ！」

　次に斬りかかってきた敵の白刃がよけ切れず拾った刀で受けたら、碌に手入れをしていなかった刀とみえて、ポキリと折れた。

「刀が折れたぞ！」

　敵が叫んだ。

　その声にも聞き覚えがあった。野村金八だ。

「死ね、重太郎」

　刀をふりおろした金八の懐に飛び込み、折れた刀の刃を金八の喉に押し当てて、引き裂いた。

「ぐわーっ」

　金八は断末魔の叫びを上げて倒れた。

　重太郎は金八の刀を奪うと、さらに襲ってきた二人を斬った。

　金八は重太郎を斬ると覚悟を決めて、名刀をたばさんで来たようだ。おそらく関《せき》の孫六《まごろく》であろう。流石《さすが》、関の孫六はよく斬れた。

正面からまた二人来たのを斬り倒し、後からまた二人斬り倒した。四人斬っても刃こぼれしていない。

少しずつ夜目が利いてきた。相手の刃の動きが見えてきた。よし。前の武士団の中に白刃をよけながら飛び込んだ。まさか来るとは思わなかったのか。あと退《じさ》る敵を三、四人斬った。囲みを抜けたが、重太郎も手足にかすり傷を負った。逃げれば後ろから斬られる。再度、敵の中に飛び込み、また三人斬った。

「灯りだ。灯りだ」

大谷三平が叫んだ。誰かが提灯をつけた。

「あーっ！」

大谷三平が重太郎の目の前にいた。

「御免」

重太郎は上段から刀をふりおろした。

「ぐわーっ」

三平は断末魔の声を上げ後ろ向きに倒れた。

「大谷殿がやられた」

提灯をつけた武士が叫び、提灯を放り投げたので、ふたたびあたりは闇になった。

ばたばたと逃げる足音がした。

三平が斬られたので、何人かは逃げた。

傷を負って動けぬものもいた。

相手は一人だ。とまだ戦う意欲の者も数名はいた。

間合いを詰めて、さらに二人斬った。

あたりは血の臭いが立ち込めている。

遠くに提灯の灯りが見えた。

「何事だ」

声を聞き、ようやく対峙していた数名が立ち去った。

「重太郎殿ではないか」

提灯を持って通り掛かったのは岩見家の若党の坪内金吾《つぼうちきんご》と中間《ちゅうげん》の伊助《いすけ》だった。

「どうしたのだ」

「襲われた」

「斬ったのか」

「斬らなきゃ斬られていた」

言うと、重太郎は流石に片膝《かたひざ》をついた。

「まだ息のある者もおります」

伊助が言った。

「すぐに医者を呼べ」

「へい」

金吾が指示し、伊助が走った。

「何人斬った？」

「わからん」

確かに、そこには十数人の死体と、重傷で倒れている武士たちがいた。

「まだまわりに敵がいるやもしれぬ」

金吾は抜刀し、提灯であたりを照らした。

少し離れたところで様子を見ていた敵が、こけつまろびつ逃げて行った。

しばらくして医者が駆けつけた。

「とりあえず生きている者を私の家へ」

医者はそれだけ言うと、ここではどうにもならんと帰って行った。

伊助は医者の家のあと岩見家に走った。重左衛門、重蔵が門弟を率いてやって来た。

重左衛門が指示し、息のある者を医者の家に運んだ。

重蔵は死体の中に野村金八と大谷三平を見つけた。

「重太郎、ことは重大だぞ」

「いたしかたございません。目付に名乗って出ます」

「どんなことになっても、世間を恨むな」

「重蔵様、殺生《せっしょう》な」金吾が言った。

「重太郎様は襲われたのです。とは言え、相手は重臣で、罪に問われると言うなら、ここはお逃がせしたほうが」

「いや、金吾、そのようなことをしては父上、兄上に迷惑が掛かる」

重太郎が言った。

「しかし……」金吾は何か言いたげだった。

「大丈夫だ。私が付き添う」

重蔵が言った。

「私も参ります」

重蔵と金吾が重太郎に付き添った。

「父上、あとをお頼みします」

「重蔵、重太郎を頼む」

父は「心配するな」と重太郎に目で語った。

いざとなったら、自らが腹を切って隆景に重太郎の減刑を頼むつもりでいた。

六

重太郎が斬ったのは、大谷三平ら決死組十六人に、野村金八、小谷鉄蔵の計十八人、うち、大谷、野村ら十人は即死、医者に運ばれた八人のうち五人も手当ての甲斐《かい》もなく亡くなった。生き残ったのは小谷鉄蔵ら三人、鉄蔵は右腕を根元から斬り落とされていた。桜井留五郎、田中左近、篠崎源太の三人と決死組の十人ほどは逃げたが、出頭せよとの命令に応じた。

「余の家臣が十五名命を失い、三名が重傷を負ったのだ。目付には手に余る。この件、すべて余が裁く。よいな」

隆景自らが裁定を行うこととなった。

野村金八の父、金左衛門は、小早川家の宿老である。

金左衛門は医者の宅へ腕を斬り落とされた小谷鉄蔵を訪ねた。

「よいか、小谷、ことの真相を包み隠さず申せ」

「はっ」

鉄蔵は痛みに耐えながら、金八が綾衣の恋の未練から重太郎を襲ったこと、池に投げ飛ばされたこと、それを恨み、大谷三平らの力を借りて重太郎を掛川堤で襲ったことを語った。

「悪いのは金八様です。しかし、金八様は喉を裂かれて殺されていたのです。いくらなんでも、あんなにむごたらしく殺さなくてもよいものを。私も腕を失い、もう太刀を持つことは出来ません。何卒、薄田重太郎を死罪にしていただきたい」

鉄蔵は泣きながら言った。

「たわけ！」

金左衛門は手にしていた鉄扇で鉄蔵の額を力一杯打った。

その足で金左衛門は登城し、すぐに隆景に面談を申し出た。

「この度の件、すべて手前、倅、金八の不心得ゆえの所業、薄田殿には詫びの言葉もございません。なにとぞ、薄田殿の罪を問わぬよう、また薄田殿に殺された者たちの家族、親類の者たちも仇討ちなどまかりならぬと、申しつけられますよう、お頼み申し上げます」

金左衛門は隆景の前に平伏、肩をふるわせながら言った。

大谷三平の父、津太夫も、同じ意見だった。

「まったく不心得な倅。しかも三十人の徒党を組んで薄田殿一人を闇討ちにするなど、言語道断、情けない限りでございます」

重太郎の義父、薄田七左衛門も登城した。

「いただきました五百石の知行は返上いたします。どうか倅の命をお助けくださ い」

どうやら、非は金八、三平らにある。当事者の父であり宿老の野村金左衛門、大谷津太夫も重太郎の罪は問うべきではないと言う。だが、十五人の命を奪い、果たして無罪放免で済むのだろうか。隆景は悩んだ。

「野村金左衛門は仇討ちを禁ぜよと言ったが、殺された者たちの家族や親類はそれで済むのだろうか」

ここは重太郎の真意を聞くしかあるまい。

「薄田重太郎をこれへ」

重太郎が重蔵に付き添われて、隆景の前に呼ばれた。

「重太郎、たとえ襲われたとは言え、十五人の命を奪った。どのように思うか、腹蔵のないところを申せ」

隆景は聞いた。

「この度のこと、某の武芸未熟ゆえ、十五人もの小早川家の家臣の命を失うこととなり、殿には申し訳なく存じます」

重太郎は平伏した。

「何、申し訳ないと申すか」

闇討ちで襲われた。仕方なく斬った。だから減刑を願うと思ったら、「武芸未熟」と申した。なんだ？

「もしも某の腕が勝れば、あの者たちを斬らずに、うち倒すことも出来ました。それが出来なかったのは某の未熟でございます」

三十人に襲われ、十八人を斬って虎口を脱した。その腕が未熟だと言うのか？　どうしたらよい。隆景は悩んだ。

重太郎を無罪にしたい。あれほどの腕の者だ。重太郎を傷つけず、自分の家臣として傍《そば》に置きたい、それが隆景の本音だ。だが、非があるとは言え殺された者たちの家族、親戚は納得がゆくのか。

「鳴海飛騨守様がお目通りを願っております」

鳴海飛騨守は野村金左衛門、大谷津太夫と並ぶ、小早川家の宿老である。だが、娘は重太郎の許嫁《いいなずけ》、当然、重太郎を庇《かば》うであろうから、あえて意見を聞かなかったのだ。野村、大谷が重太郎を許すと言う。鳴海も許すと言えば、宿老三人の意見が一致、なれば、重太郎を罪に問わず一件落着で問題はなかろう。

「飛騨をこれへ呼べ」

飛騨守は隆景の前に平伏し、第一声をあげた。

「手前娘、綾衣と薄田重太郎の婚儀をお認めいただきたく参りました」

な、なんだ？　飛騨守は何を考えているのだ。重太郎は己の身を守るためとは言え、十八人の小早川の臣を斬ったのだ。場合によっては切腹となるかもしれない。その重太郎と娘の婚儀だと？　まずは重太郎の減刑を願い出るのが先だろう。

「どういうことだ？」

「どういうこともこういうことも、綾衣と重太郎殿の婚約が調いましたゆえ、早々に婚礼をと思いまして、お願いに上がった次第でございます」

つまりなんだ。飛驒守は隆景が、重太郎を無罪と裁定すると疑わない、と言うのか。

隆景は無罪としたい。だが、

「飛驒よ。殺された者たちに非はあれど、殺された者たちの家族、親戚は納得がゆくまい。野村金左衛門、大谷津太夫は納得したが、他の者たちは、野村金八、大谷三平の命令に従っただけだ。不心得者でも上役への忠義で命を落とした、家族、親類は哀れであろうし、重太郎を憎む気持ちもわからぬではあるまい」

「命を落とした者、また深手を負った者の家族には、五十石のご加増をお願いいたします」

飛驒守が言った。

金八、三平という首謀者と金八の腹心、小谷鉄蔵をのぞけば、十三名の死者と二名の重傷者、この十五名に五十石ずつ。すでに薄田七左衛門が加増の五百石を返納した。残り二百五十石、当事者でもあり重臣としての監督責任もある、野村、大谷、鳴海が負担をする。

五十石の加増で家族の者たちに納得してもらう、ということでどうだろう。

「一時は恨みもございましょう。しかし、人はそう長くは他人を恨み続けられるものではございません。よくよく考えれば、野村、大谷に加担した罪もございましょう」

五十石の加増があれば、死者をねんごろに弔えるし、重傷の二人も残りの人生の食い扶持には十分過ぎる。家として加増があれば、彼らの死は無駄ではなかったことにもなろう。

「ただ、しばらくは、心のしこりはございましょう。また重太郎も無罪放免というわけには参りますまい。そこで一年間の追放ということにいたしてはいかがでございましょう」

一年間の追放？

「一人で旅に出すのは不憫《ふびん》ゆえ、身のまわりの世話をする者も必要でしょう。ですから早々に綾衣と婚礼を上げさせていただきとうございます」

鳴海の親類が唐津《からつ》にいる。そこで夫婦水入らず一年過ごさせてやればよかろう。

何者かわからぬ者たちに襲われた。身を守るため戦った。その腕が勝り、十八人斬った。小早川家に必要な人材であることを誰しもに認めさせたのだ。重太郎を罪に問うことなど出来ようか。ただ体面的に罰を科したことにすればよいのだ。それが隆景の望みでもあったのだ。すべてわかった上で、飛騨守は言上《ごんじょう》したのだ。

「流石は鳴海飛騨守よ」

かくて重太郎と綾衣の祝言が執り行われた。

「このような過ちが起きたのは、綾衣がまだ重太郎殿の妻ではなかったため。他人の妻に懸想などする愚か者はおるまい。一刻も早く祝言じゃ」

飛騨守に言われるまま、重太郎は花婿の座につき、翌日、「追放」の命令が下った。

「一年間、唐津で養生《ようじょう》いたせ」

飛騨守に言われた。

「一年じゃ、よいな。一年経ったら、余のために働いてくれ」

隆景からも言葉をいただいた。

こうして重太郎は、綾衣と、供に八蔵と、綾衣の乳母《うば》お初《はつ》を連れて、唐津へ旅立った。

一年が経った。

薄田七左衛門の屋敷の前に立ったのは、綾衣、八蔵、お初の三人だけだった。

「おう、よう戻られた。重太郎殿はいかがいたした」

「旦那様は旅に出られました」

綾衣が笑顔で答えた。

綾衣の言葉に七左衛門はあわてた。

「八蔵、すぐに岩見殿のところへ走れ。わしは鳴海様の屋敷へ参る。重左衛門殿か重蔵殿をすぐに鳴海様のもとへ寄越すように」

「へい」

万事心得ておりますという様子で、八蔵は岩見へ走った。

「どういうことだ。嫁殿、まず話してくだされ。重太郎はどこへ行ったのだ」

鳴海の屋敷に、七左衛門、岩見重左衛門、重蔵父子がやって来た。

しばらくして、綾衣もお初を供にやって来た。

とりあえず、七左衛門が綾衣より聞いた話をひとしきりした。

重太郎と綾衣は唐津にある、鳴海の親類の屋敷の離れで一年の間、のんびりと過ごした。

そうした日々があったればこそ、十八人の同胞を斬った重太郎の心の傷も少しずつだが癒《い》えていったのだ。

しかし、その傷は完全に癒えたわけではない。刃をかわして、逃げることは出来なかったのか。その自問をくる日もくる日も続けていた。

「やはり、私は武者修行の旅に出ようと思う」

重太郎が言った。

「私が強ければ、十五人の命を奪うことはなかったのだ。綾衣、許してくれるか」

「私はいつまでもお待ちいたしております。この子と二人で」

綾衣の腹には、重太郎の子がいた。

重太郎は黙って頭を下げた。

「そんな子がいるのに、旅に出たのか」

重左衛門が呆れた。

重太郎は十日前に唐津を発《た》ったという。

「まぁ、よいではござらぬか」

　鳴海飛騨守が言った。

「重太郎殿の子は鳴海の家でしっかり育てますゆえ」

「いいえ、父上」

　綾衣が言った。

「綾は薄田の嫁にございます。この子は薄田の家の子として育てます」

「よく申された、嫁殿」

　七左衛門が喜んだ。

「薄田で育てるのは致し方ないが」

　飛騨守が苦虫を嚙《か》み潰したような顔で言った。

「月に何度かは、孫の顔を見せに参れよ」

「いや、それなれば」

　今度は重左衛門が口をはさんだ。

「養子に出したとは言え、重太郎は我が実子、嫁殿、岩見にも時々は孫を連れて参られよ」

　飛騨守、重左衛門、七左衛門で孫の取り合いがはじまった。

「なんにせよ、生まれてくる子は薄田の跡取り」

七左衛門が言った。

「父上、まだ男か女かもわかりません」

綾衣が笑いながら言った。

「嫁殿は許したのか。重太郎が旅に出るのを」

「はい。あの方は必ず、私と、この子のところへ戻って参りますから」

第二章　つぢの死

一

野村金左衛門は悔やんでいた。

小早川家の宿老として、薄田重太郎の無罪を隆景に進言したことは間違ってはいない。暗闇の中で何者ともわからない三十人以上の武士に襲われた。十八人を斬って難を逃れた。処罰することではない。その武術の腕を賞賛し、小早川家のために役立てることこそが道だ。

だが、殺された中に、息子の金八がいた。すべては金八の不心得から招いたことだ。金八が大谷三平ら三十人を誘い重太郎を襲った。悪いのは金八、斬られて当然、なのだが。親として、やはり悔しい。

たとえ「私怨」でも、息子の仇討ち、重太郎と刃を交えるべきではなかったのか。小早川家でも腕の立つ若者十八人を斬った重太郎に、今さら老骨が敵《かな》うわけもないのだが、いや、金左衛門もかつては隆景に従軍して、尼子《あまこ》や秀吉の軍と戦ってきたのだ。相手がどれだけの遣い手だろうと、勝ち目がないとは言えない。たとえ斬られても、親として仇討ちのために戦った、そのことが重要なのだ。むしろ、重太郎の刃にかかり死ぬことが、あのように金八を育ててしまった、金八への贖罪《しょくざい》になるのではなかろうか。

同じように息子を斬られた大谷津太夫は……。津太夫の息子、三平は三男で、日頃から素行が悪かった。決死組という徒党を組んで、町家で強請りまがいのことをしていた。津太夫は近いうちに三平を勘当したいと思っていた。今度のことは三平の自業自得、むしろホッとした、と漏らしていたと噂には聞いた。それは噂で、津太夫も悔やんでいるのかもしれない。

他人のことはどうでもよい。金左衛門は死期を感じていた。遠からず自分は死ぬ。今、なすべきことは何か。一人息子の金八が死んだ。誰か養子を迎えて、野村の家を残すことだ。いや、そんなことは、もうどうでもよい。薄田重太郎は唐津にいる。今すぐ唐津に行って、重太郎と刃を交えるべきではないのか。

「野村様、ご機嫌はいかがでござるか」

あの男は三日に一度くらい、機嫌をうかがいに来る。

重太郎の兄、岩見重蔵だ。

「いや、いつも通りでござる」

わざと書見をしていたふりをした。

重蔵は何をするわけでもない。半刻世間話をして帰って行く。

なんなんだ。金左衛門が唐津の重太郎のところへ行かぬよう見張っているのか。そんな様子はない。

弟の贖罪か。それとも弟を追い込んだ金八の親に何か言いたいのか。だったら、早く言え。それでもう来ないで欲しい。

夢を見た。昔、まだ若い隆景に従い戦さ場にいた。尼子の軍勢に包囲されている。

「殿、正面に斬り込んで、尼子勢を蹴散らしてやりましょう」

金左衛門は槍を手に突き進んだ。尼子の鉄砲隊の弾丸は金左衛門をよけて行く。鉄砲隊の足軽を蹴散らし、一人、二人、武将を槍で突き倒した。

尼子軍が崩《くず》れていく。

目が覚めると、布団から起き上がれなかった。体がだるい。やはり、死期が近付いているのだろう。

「旦那様、岩見重蔵殿が参られました」

若党が部屋の外から声を掛けてきた。

「病に臥《ふ》せっている。面会はご遠慮願いたい」

金左衛門は言った。

「お帰りになられました。くれぐれもお大事にとお伝えくださいとのことでした。明日また来るとおっしゃっていました」

若党が報告した。

来なくていいのに。病気だと言っているんだ。なんで来るんだ。

次の日も重蔵は来た。

「病に臥せっている。面会はご遠慮願いたい」

「病気見舞いにと、鶏卵をお持ちになられました」

夜の膳に生卵がついた。重蔵の見舞いの卵だ。

翌日も、また翌日も重蔵は鶏卵を持って見舞いに来た。

その次の日、鶏卵のおかげか、金左衛門は布団から起き上がれるようになっていた。

「旦那様、岩見殿が参られました」

鶏卵の礼を言わねばなるまい。

「書斎にお通ししてくれ」

面倒だが、紋服《もんぷく》に着替えた。上士が客を迎える時の最低の礼儀である。

「病とうかがいましたが、お加減はいかがでございましょうか」

重蔵は言った。

「よろしくない。だが、岩見殿の鶏卵のおかげで、今日は加減はよい。心遣い、かたじけない」

「それは何よりでございます」

「だが、そのような心遣いは、無用に願いたい。見舞いも今後は遠慮願いたい」

「鶏卵は懇意《こんい》にしている百姓にわけてもらったもの。どうぞご遠慮なさらずに、召し上がっていただければ幸い。一日も早いご回復を願っております」

そうではないのだ。迷惑なのだ。金八を殺した男の兄の顔を見たくないのだ。わかって欲しい。

「私がこちらに参るのはご迷惑ですか」

重蔵が聞いた。迷惑だ。だが、正面からそう聞かれれば「迷惑だ」とは言えない。

「このところ体調優《すぐ》れぬゆえ、ご遠慮願いたいと申しておる」

そう言って、金左衛門は頭を下げた。

「では、鶏卵のみ、中間に届けさせましょう」

贖罪ならいらぬ、と言おうとしたが止めた。鶏卵で贖罪が叶うとは、若き武芸者は思ってはいないだろう。なら、何故、鶏卵を届けるなどと言うのだ。何故、野村金左衛門に構うのだ。

「野村様には一日も早くお元気になられて、出仕していただき、政務を取り仕切っていただきたいのです」

重蔵は言った。

「野村様は自らのご子息を重太郎に討たれたものの、重太郎の罪を許し、他の遺族にも仇討ちを禁じた。私怨を捨てて、正義を貫く、野村様こそが真の武士でござる。そのような方が宿老でいるからこその小早川家。野村様は小早川家の礎《いしずえ》に欠くことの出来ぬお方にございます」

小早川家は藩主隆景が武将としても藩主としても優れていたが、隆景のあとを継ぐのは養子の秀秋《ひであき》と決まっていた。秀秋も武術の腕には秀でていたが、豊臣秀吉の正室、寧《ねね》の兄、木下家定《きのしたいえさだ》の息子である。秀秋が藩主になれば、小早川家の中でも豊臣の意向が強くなる。豊臣家に忖度《そんたく》し、正義が曲げられるようなことになってはいけない。

そうならないためにも、今、小早川家の礎をしっかり固めるために金左衛門の力が必要だと重蔵は言う。

かいかぶりだ。かいかぶりなんだよ。今でも重太郎を許す裁定を隆景に進言したことを悔やんでいる。そんな人間に、宿老としての任は務まらぬのだ。

「金八殿のことは申し上げたくはございませんが、やはり不心得であったと思います」

重蔵め。金八の不心得はわかっている。それをあえて言うのか。

「なればこそ、一日も早く、御養子を迎えられ、野村の家を託されるがよかろうかと存じます。御養子にも野村様の正義と勇気をしっかりと伝えねばならぬ。ですから、それまで野村様には元気でいてもらわねばならぬのです。病に臥せっている暇などないのです」

言っていることはいちいちもっともだ。小早川家のために、野村の家を残さねばならぬ。野村家を任せられるような者を探して、養子に迎えねばなるまい。死期が迫っている。金左衛門にはあまり時がなかった。

「鶏卵はお届けいたします」

と言い、重蔵は帰った。


金八の一周忌の法要は身内だけでささやかに済ませた。他の、大谷三平ら重太郎に斬られて死んだ十四人の家族もまた、家に僧侶を呼んで読経を頼むだけの、静かな法要だった。

流石にこの日ばかりは、重蔵も野村の屋敷を訪ねては来なかった。

ごく親しい親戚が集まったが、読経が終わると帰った。親戚の一人、毛利の井《い》上《のうえ》家の者に養子の件を相談した。

「かしこまりました。親類の者で、野村の養子となる器量の者を探しましょう」

井上某は、近いうちまた訪ねると言い帰って行った。

井上某はその手のことに慣れているから、遠からず養子は決まるだろう。

親戚が帰り一人になると、金左衛門の目から涙がこぼれた。一周忌が済んで、まもなく養子も決まる。そして、金左衛門は死ぬ。そうしたら、もう誰も金八のことなど忘れてしまうだろう。あんな馬鹿でも、可愛い息子だ。その金八が生きた証《あかし》は何も残らない。哀れだ。金左衛門は思うと、涙が止まらなくなった。

あいつは、あの男は金八のことを覚えていてくれるだろうか。金八を斬った男、岩見重太郎は。

重太郎に会わねばならぬ。金左衛門は思った。重太郎がもし金八のことなど、とっくに忘れていたのなら、その時は。

かつて隆景とともに戦った鉄の槍を手にした。歩くのもままならないから、槍を杖《つえ》としたが、重い。かつては軽々ふりまわしていた槍が重い。槍を杖に立ち上がり玄関から二、三歩出たところで、金左衛門は倒れた。

「金八……、許せ」

あの時、たとえ己の身を守るためとは言え、十八人を斬り、十五人の命を奪ったのだから、重太郎にはしかるべき罰を科すべきと金左衛門が言上したとしても、おそらく隆景は重太郎の罪を許したであろう。それがわかっていたから、重太郎を許すべきだと言った。隆景の意思を述べることが宿老の役目だから、そう申しただけだ。正義を貫いたわけでもなんでもない。そして、そう言ったことを、死を前に金左衛門は悔やんでいるのだ。

二

野村金左衛門は死んだ。槍を手に玄関先で血を吐いて死んでいた。

若党が見つけ、すぐに亡骸《なきがら》を屋敷に運んだため、金左衛門の死因を知る者はほとんどいなかった。金左衛門は数ヶ月前からの病のため、自室で亡くなった、と誰もが思った。

野村家は一人息子の金八が重太郎のために命を落としていて、その後、養子も迎えていなかったため、断絶となった。

宿老の席が一つ空いた。

「若殿、なにとぞ、私を野村様の後役に、是非《ぜひ》に、是非に」

小早川秀秋のもとに駆けつけたのは、秀秋の家臣で三百石、広瀬軍蔵《ひろせぐんぞう》。東軍流《とうぐん》の兵法指南として秀秋に雇われている。もとは伊勢《いせ》、伊賀《いが》百五十万石の太守だった織田信雄《のぶかつ》のもとで兵法指南役を務めていた。織田信雄は織田信長の次男。豊臣秀吉と対立し敗れ、伊勢、伊賀の領地は取り上げられ、今は秀吉の御伽衆《おとぎしゅう》となっている。御伽衆とは政治顧問のようなもので、信長の息子であるから、たとえ一度は敵対しても、秀吉も冷遇はしない。旧織田勢力への対応役として役に立つ。そこで大和《やまと》に一万八千石の領地を与えている。だが、百五十万石の頃の家臣のほとんどは、他家に仕官したり、浪人となった。

軍蔵は信雄が伊勢・伊賀の太守時代に兵法指南役を務めていたというふれこみで、半年ほど前に秀秋に売り込みに来た。腕が立つから、武芸好きの秀秋に気に入られ、三百石という破格の知行を得ていた。その軍蔵がさらに上の地位、宿老を狙い秀秋に働きかけた。

「軍蔵、宿老は小早川家の譜代の者がなるであろうから、新参のおぬしの出る幕ではない」

秀秋もものの道理はわかっている。いくら自分が秀吉の縁者でも、小早川家の人事に口をはさむことは出来ない。ましてや、自分が新規に雇った広瀬軍蔵を宿老に推せるはずなどないのだ。

「若殿、何を弱気なことを申されるか。今や天下は、太閤《たいこう》殿下のものでございます。その縁に繋がる若殿が、小早川に遠慮などいるものではございませぬぞ。若殿はいずれは小早川家の主人となられる。その時に、若殿のために働く宿老を今のうちから置いておかねば、政治《まつりごと》など出来ませぬぞ」

「お前の言うことはわからぬではないが、父上にはお考えがあるのだ」


「重蔵、ちと部屋まで参れ」

岩見重左衛門は城から戻るなり、重蔵を自室に呼んだ。

「父上、何御用にございますか」

「本日、殿より、野村金左衛門様の後役として、わしに宿老になるよう言われたのだ」

「野村様の後役にございますか」

「重太郎が野村の息子を斬ったために、野村の家は断絶した」

「私は養子を迎えることを金左衛門様に勧めたのですが。思ったより早く亡くなられてしまいました」

「金八殿の死が堪《こた》えたようだ。わしもおぬしや重太郎が非業の死を遂げたなら、とても生きてはいられぬかもしれぬ」

「何をおっしゃいますやら」

「いや、わしの言いたいのは、重太郎が息子を斬った野村様の後役にわしが就くのは道理に反すると思うのだ」

重左衛門の言葉に、重蔵は黙ってうなずいた。

「わしは宿老の役を辞退しようと思う。重蔵、よいかな」

「父上のお考え通りになされるがよろしかろう」


岩見重左衛門は翌日出仕し、鳴海飛騨守と大谷津太夫に、「高齢のため」を理由に宿老を辞退すると告げた。

その夜、鳴海飛騨守が重左衛門の屋敷を訪れた。

「岩見殿、宿老を辞退とはどういうことでございますか」

「いや、私はもう高齢ゆえ、宿老の激務には耐えられません。ここはお許しくだされ」

重左衛門は頭を下げた。

「岩見殿は事情がわかってはおられぬ。よく話を聞かれよ」

飛騨守は、宿老の地位を秀秋の家臣の広瀬軍蔵が狙っているという話をした。

「やりたいと申すのなら、広瀬殿に任せてはいかがでしょう」

重左衛門は言った。

「広瀬は秀秋様の側近なれば、彼を宿老とすれば、小早川家が豊臣の駒として使われるは必至」

「いずれ秀秋様が当主になられれば、豊臣の駒になるということでござる。それは秀秋様を養子に迎えた時から決まっていたことでございましょう」

「されど」

「宿老は三人、鳴海様と大谷様が目を光らせていれば、広瀬殿一人では何も出来ますまい。むしろ私は一介の武芸者、政治のことはわからぬ。宿老になっても、お二人の力にはなれません」

「お考えはわからぬではないが、今しばらく考えてはいただけないか」

重左衛門は黙って頭を下げた。宿老にはなれないという意思だが、飛驒守は「また来る」と去っていった。


それからしばらくしてだ。綾衣が戻り、重太郎が武者修行の旅に出たことを告げた。

三ヶ月後、綾衣は男の子を出産した。

野村金左衛門の後役は決まらぬまま、数ヶ月が過ぎた。

広瀬軍蔵は、飛騨守や大谷津太夫以外の重臣に賄賂《まいない》を贈り、野村の後役に自分を推《お》してくれるよう頼んだらしい。

「二、三の重臣から、広瀬軍蔵を野村殿の後役にという上申が殿になされたという話を聞いた」

飛騨守は重左衛門に孫の顔を見に行こうと誘い、薄田家に連れて来た。中士である七左衛門の意見も聞きたいと飛騨守は言った。

「重臣が広瀬殿を推挙したというのは、もしや、広瀬殿から相応の賄賂が重臣のもとへ渡っているということではございませんか」

七左衛門の言葉に重左衛門は驚いた。

重臣の中には秀秋のために、側近を宿老にという考えの者たちがいて、広瀬を推したのではないのか。

一体いくら賄賂を贈れば、藩の人事を動かせるのだ。いや、小早川の重臣たる者が、賄賂で動かされることがあるということに、重左衛門は驚きを隠せなかった。

「それが政治でござる」

飛騨守が言った。

「なればこそ、その渦中に、この老骨が身を置いたとて、なんの役にも立て申さん」

重左衛門は言った。

「広瀬が宿老になれば、今度は他の者たちが、広瀬に賄賂を贈って正道を歪《ゆが》める。広瀬に権力を握らせてはならぬのだ。それを許さぬためにも、ここは岩見殿に宿老になっていただかねばならぬ」

「広瀬軍蔵なる者、織田信雄殿のもとで東軍流兵法の指南をいたしていたと聞く」

小早川隆景が、飛驒守と大谷津太夫に言った。

武芸好きの隆景に気に入られようと、武芸の腕を売り込んでいるようだ。

隆景も野村金左衛門の後役の宿老がなかなか決まらないことに業を煮やしているようだ。秀秋の側近であり、何人かの重臣が推す広瀬軍蔵、それなりの人物であれば宿老に据えてもよいではないか。

「殿に申し上げます」

飛驒守が言った。

「小早川家には戸田流兵法指南の岩見重左衛門がおります。重左衛門の腕は殿もよくご存じのはず」

「岩見重左衛門は宿老を辞退したのではないのか」

「高齢を理由に辞退をいたしましたが、まだまだ耄碌《もうろく》はいたしておりません」

「よし。耄碌しているか否《いな》かは余が判断いたそう。岩見重左衛門と広瀬軍蔵の腕競べをいたして勝ったほうに、野村金左衛門の後役を任す。よいな」

隆景の言葉に、飛驒守はほくそ笑んだ。わしは何年、殿の側近を務めていると思っているのだ。武芸好きの隆景だ。腕競べを言い出すはずだと踏んでいた。

そして、御前試合に引っ張り出せば、重左衛門も宿老の任に就かねばならぬだろう。よもや、わざと負けることはあるまい。

鳴海、大谷、岩見の譜代三人が宿老の地位にいれば、秀秋が当主になっても、早々に豊臣の威光で小早川家を動かすことも出来まい。


「重蔵、いかがいたそう」

重左衛門は悩んでいた。

東軍流の武芸者との御前試合、戸田流の武芸者として負けるわけにはいかぬ。

だが勝てば宿老を引き受けねばならぬ。

「鳴海様の言われることもわからぬではないが」

重左衛門は言った。

「いずれは、小早川家は秀秋様が当主となられる。広瀬殿が宿老になられることは、秀秋様を守り立てる意味では必要なのではないかと思う」

「しかし、父上、鳴海様の話では、広瀬殿は賄賂で正道を歪める人物、そのような者が宿老になれば、どうなりましょう」

「広瀬殿が重臣に賄賂を贈ったのは宿老になりたいという強い気持ちであろう。それもこれも秀秋様のためならば、仕方がないのではないかと思うのだ」

「父上がそうお考えならば、広瀬殿に勝ちを譲られてもいたし方ございません」

重蔵は父の気持ちを察した。本来ならば、金左衛門の後役には野村金八が就くべきところだった。その金八を斬ったのは他ならぬ息子の重太郎である。

その思いがあるから、重蔵も金左衛門を見舞った。贖罪だけではない。重太郎は命を狙われ、金八は命をなくした。すべてを水に流すなどということは出来ないが、それでも同じ小早川の臣、気落ちした金左衛門を黙って見過ごすことは出来なかったのだ。

それで父の気持ちが済むのなら、広瀬軍蔵に勝ちを譲るのも仕方があるまい。だが、父は武芸者だ。武芸者のあなたが果たして勝ちを譲るなどということが出来るのだろうか。重蔵は何も言わなかったが、重蔵には試合の顚末《てんまつ》は見えていたのだ。

陣幕が張られ、中央の床几《しょうぎ》に隆景、左に秀秋、右に宿老、鳴海飛驒守と大谷津太夫が座した。そのまた左右には、小早川家譜代の重臣たちが居並んだ。

黒紋付に袴《はかま》、襷《たすき》、鉢巻の岩見重左衛門と広瀬軍蔵が控えた。

後見は、重左衛門には、重蔵と若党の坪内金吾、軍蔵には、家臣の大川八左衛《おおかわはちざえ》門《もん》と成瀬権蔵《なるせごんぞう》が付いた。

「この勝負は野村金左衛門の後役を決めるものでもあるが、戸田流、東軍流のいずれが勝るかの勝負でもある。お互い死力を尽くして戦え。よいな」

隆景が言った。

隆景も、もしかしたら重左衛門が軍蔵に勝ちを譲るのではと思っていたのだ。戸田流、東軍流の勝負と言われれば、よもや勝ちは譲れまい。

「父上、かねて広瀬軍蔵が申しております」

秀秋が口をはさんだ。

「東軍流は比叡山にて起こりし兵法で、剣術、槍術、そして、軍学、すべて実戦に用いるためのもの。他のお作法《さほう》流派には負けぬとのことでございます」

戸田流をお作法流派と言われては、これでますます重左衛門は勝ちを譲れなくなった。軍蔵はまさに墓穴を掘った。己を高めるために他者を貶《おとし》める言動をするあたりも、兵法のなんたるかがわかっていない戯《たわ》け者だと、隆景も、飛驒守も重蔵も思った。そのこともわからず、軍蔵の言葉をこの場で述べる秀秋の器量も底が知れた。多少の武芸には秀でていても、秀吉の親戚という以外に当主としての器《うつわ》でないことを晒《さら》したようだ。

いや、違う。このまま重左衛門が勝てば秀秋の面子《メンツ》が潰れる。秀秋の面子を保つには、重左衛門が勝ちを譲らねばならなくなったのではないか。そのことに気付いたのは、重蔵だけだったようだ。

父上……。

だが、木剣を手に軍蔵と対峙する重左衛門に、何か言う術はもうなかった。

勝ちを譲るつもりだった。

野村父子のこと、自分は一介の武芸者で政治には不向きであるということ、高齢であること、理由はいろいろあったが、何よりも、いずれは、小早川家は秀秋が当主となる。そのためには秀秋を守り立ててくれる家臣が宿老になるべきで、しかも秀秋は広瀬の武芸に太鼓判を押したのだ。広瀬を打ち負かせば、秀秋の面子を潰すことになる。

だが、勝ちは譲れなかった。

広瀬軍蔵の剣技は、無頼《ぶらい》の徒の四、五人は叩きのめせるが、武芸者としては、中の下程度。この腕で織田家百五十万石の武芸指南をしていたとは、とても思えぬものだった。つまり織田家武芸指南をしていたという経歴も嘘で、東軍流兵法も嘘、嘘で塗り固めた経歴で秀秋に取り入り、小早川家の宿老の地位を得ようとしている。

およそ小早川家のためにも、秀秋のためにもならぬ。これに勝ちを譲ってはならぬのだ。

「えい！」

重左衛門、立ち合い一瞬、その突きで広瀬軍蔵の木剣を払い、喉笛《のどぶえ》に木剣をつきつけた。

一瞬のことで、全員が何が起こったかもわからなかった。

わかったのは広瀬軍蔵で、気がつけば、自分の喉仏に重左衛門の木剣の切っ先が軽く当たっていた。

軍蔵は何も言えず、その場に尻餅をついた。

重左衛門は木剣を納め、隆景と秀秋に一礼し、その場を辞した。重蔵と金吾も退席した。

あたりがざわざわしはじめた頃になっても軍蔵は動くことすらままならなかった。

「たわけめ。余に恥をかかせおって」

秀秋が怒鳴ったので、我に返った軍蔵は、礼もろくにせず、八左衛門と権蔵に抱えられるようにして、その場を去った。


広瀬軍蔵は悔やんだ。つい今しがた、秀秋の使者が来て、三百石の知行は召し上げると言ってきた。欲を出さずにいれば、三百石の武芸指南役で、いずれ秀秋が当主になれば、宿老の地位は転がりこんだかもしれない。

岩見重左衛門との御前試合と聞いて、一瞬不安に思ったが、重左衛門は高齢。

昔はともかく、今はたいした腕ではないと思いこんでいたのだ。

仕方がない。今さら、言い訳をしても秀秋は耳を傾けまい。

とりあえず屋敷にあるものを金に換えて、とっとと逃げ出すしかあるまい。

それにしても岩見重左衛門には腹が立つ。己《おのれ》の出世の道を塞《ふさ》いだばかりか、秀秋の前で恥をかかせた。おかげで三百石まで召し上げとなったのだ。

こうなれば、いくら腕が立つとは言え、八左衛門と権蔵の三人で闇討ちにして、溜飲《りゅういん》を下げてから逐電しよう。そんなことを考えていた時、

「軍蔵様、客が参られました」

八左衛門が声を掛けた。

「客？　誰だ？」

「片腕の武士で、小谷鉄蔵と名乗っております」

「そのような者は知らぬが、まぁ、よい。通せ」

通された小谷鉄蔵は、薄汚れた紋服を着た浪人風体だった。

「岩見重左衛門に敗れ、逃げ出す算段をしているところか」

鉄蔵は言った。

「貴様、喧嘩《けんか》を売りに参ったか」

「貴殿に喧嘩を売ったところで一文にもならぬわ。どうせ、逃げ出すついでに、岩見重左衛門を闇討ちにでもしようとお考えだろう」

「何を」

「やめておけやめておけ」

鉄蔵はニヤリと笑い、その場にいる軍蔵、八左衛門、権蔵をながめた。

「貴殿ら三人では、岩見の爺《じい》には勝てぬわ」

確かに、御前試合で一瞬にして軍蔵の喉笛に木剣を突きつけた、あの気迫は、軍蔵ら三人でも勝てる可能性は低い。だが、重左衛門とて人の子だ。油断はある。勝って宿老の地位を手に入れた。祝い酒に酔っているところを三人で襲えば、勝てぬことはない。

「広瀬殿はご存じないようだ。今から一年半ほど前よ。重左衛門の次男、重太郎が三十人の武士に掛川堤で闇討ちに遭った」

そんな噂を聞いたことはあった。

「重太郎は十八人を斬り倒した。その十八人の一人がわしじゃ。命は助かったが、腕をばっさりやられた。酒に酔わせて、暗闇の中襲ったが、このざまだ。重左衛門はその重太郎の父だ」

十八人を斬り倒した。そんな奴の父親を、たった三人で襲おうとしたのか。軍蔵は背中に冷たいものが走った。

「いや、よく教えてくれた。かたじけない」

仕方がない。重左衛門を討つのは止めて、とっとと逃げよう。

「いくらか包みたいが、我らはこれより旅に出る。これで勘弁してくれ」

軍蔵は八左衛門に命じ、銭を数枚、紙に包んで差し出した。

「おいおい、こんな端銭《はしたぜに》が欲しいわけじゃないよ」

鉄蔵は言った。

「今も言った通り、わしは重太郎を襲って腕を失った。しかも闇討ちの卑怯者《ひきょうもの》の汚名も着せられて。捨て扶持《ぶち》はもらっているが、もはや小早川家では出世も望めぬ。どうだ、広瀬殿、わしを仲間に加えてはいただけぬか」

「片腕のおぬしが味方してくれたところで、たいした力にはならんだろう」

「わしを甘くみるな。貴殿は偉い人に取り入る術があるようだ。他所《よそ》の土地で、もう一花咲かせてもらえるなら、力になろう」

「何か策があるのか」

「ふふふふふ」

鉄蔵は残った片腕を懐《ふところ》に入れると、中から種子島《たねがしま》の短筒を取り出した。

「たとえ重左衛門でも、これには勝てまい」


八月一五日の夜、岩見の屋敷に中間が駆け込んだ。

「旦那様が、大手門を出たところで」

重蔵が家来を率いて駆けつけた時には、重左衛門は息を引き取っていた。

「父上、一体誰が！」

その日、城中で隆景の月見の宴が行われ、重左衛門も呼ばれた。大手門を出たところで、ズドン、種子島で狙い撃ちにされ、重左衛門は落命した。

もしや御前試合を遺恨に思った広瀬軍蔵の仕業ではと、目付が軍蔵の屋敷に行った時には、すでに軍蔵と家来二人、大川八左衛門と成瀬権蔵も逐電したあとだった。

重左衛門の妻、芳江は夫の死で気落ちし、すぐにあとを追うように亡くなった。

「兄上、お話がございます」

重左衛門の末の娘、つぢは十七歳になっていた。

「仇《かたき》は広瀬軍蔵に間違いはございません。ならば、殿に願い出て、仇討ちの旅に出たいと思います」

「それは私も考えていたところだが、仇討ちの旅は私一人で参ろうと思う」

「広瀬軍蔵は卑怯な男、父上も種子島にて落命なさいました。どんな罠を仕掛けているかわかりません」

「だから、なおさら、お前は連れては行かれぬ」

「今度のことは旅先で、重太郎兄上の耳にも入っていることでしょう。兄弟三人力を合わせて、広瀬軍蔵を討ち果たしてこそ、父上の無念も晴れましょう」

「なれば」

　重蔵とつぢは、あとを若党の坪内金吾に任せ、中間一人を供に、仇討ちの旅に出た。

　広瀬軍蔵は、大川八左衛門、成瀬権蔵、それに新たに加わった小谷鉄蔵の四人で逃げている。片腕の仲間を連れた四人組の武士というのはすぐにわかるであろうと思ったが、彼らはかなり急ぎ足で、筑前を離れたらしい。おそらく、追っ手の掛かりやすい、毛利領の周防《すおう》、長門《ながと》、安芸《あき》を一気に駆け抜け、播磨《はりま》から大坂へ入ったと思われた。

「まず我らも東へ参ろう。広瀬を追いながら、重太郎も捜さねばならぬ。重太郎に先に広瀬を討たれてしまっては、私たちの出番がない」

そう言って重蔵は笑った。

三

二年の月日が流れた。

重太郎は父、重左衛門の非業《ひごう》の死を知らず、一人気まま、武者修行の旅を続けていた。

やって来たのは関東、下野《しもつけ》国。

豊臣秀吉が小田原《おだわら》の北条氏を倒したのち、関東の地には徳川家康《いえやす》が入り、江戸を拠点とし発展をはじめていた。家康は武蔵《むさし》、相模《さがみ》、上野《こうずけ》、下総《しもうさ》、上総《かずさ》の北半分を治め、安房《あわ》と上総の南半分を里見《さとみ》氏、常陸《ひたち》を佐竹《さたけ》氏、下野を宇都宮《うつのみや》氏の旧勢力が治めていた。

これから奥州《おうしゅう》へ行ってみようと思い北へ向かった重太郎、下野は田畑が続く、のどかな土地だった。ふらり入った街道の茶店。

「親父、このあたりに強い武芸者はいるか」

「お武家様、よいところでお尋ねになりましたな」

愛想のよい親父が出て来て言った。

「強い武芸者はいるのか」

「はい。この先の川口村《かわぐち》に一刀流の剣術使いで、高野弥平次《たかのやへいじ》という先生が住んでおります」

「ほう。その高野殿という先生が強いのか」

「いえいえ、高野先生はあまり強くはございません」

茶店の親父に、あまり強くない、と言われている剣術使いも珍しい。

「では他に強い武芸者がいるのか」

「はい。高野先生の屋敷に、ちょうど今、日本一の豪傑を名乗る塩巻平蔵《しおまきへいぞう》って先生が逗留《とうりゅう》しております。髭《ひげ》を生やした強そうな先生でございますよ」

髭を生やしていて強いなら、山羊《やぎ》でも猫でも強いに違いない。

「よし。では、どれだけの豪傑《ごうけつ》か見て参ろう」

重太郎が親父に教えてもらった道を行くと、高野の屋敷は田舎《いなか》剣客の住まいにしては、かなり大きな屋敷であった。近隣の大百姓や地侍に剣術を指南して、高額の教授料を取っているのだろう。剣技はさほどではなくとも算術に長《た》けた武芸者が多いことは、二年の旅で重太郎も心得ていた。

生垣から庭を見ると、二、三十人の村人が集まっている。

「何があるのだ？」重太郎が訊ねると、

「お武家、いいところに来たな。これからよ、日本一の豪傑、塩巻平蔵先生が居合術っていうのを見せてくれるだよ。凄い技だそうだから、お武家もこっちへ来て見せてもらったらええだよ」

なるほど。居合をやるのか。それは面白そうだ。重太郎は、門にまわると、村人たちはまだ集まる途中で、重太郎も見物人にまぎれて庭先へと入った。

しばらくして、髭面に黒紋付、襷をした塩巻平蔵が現われた。横にいる紋付の痩せた武芸者が高野弥平次だろう。

「これから塩巻先生の居合を見せてつかわす。皆、銭は持って来たか」

高野が言った。

村人たちに居合の技を見せて銭を取ろうと言うのか。

門弟が石の台を置き、その上に太い丸太を置いた。

塩巻が丸太の前に立ち、じっと睨《にら》んだ。

村人たちもその様子に水を打ったように、シーンとなった。

「どりゃー！」

塩巻が刀を抜き、気合をこめて丸太にふりおろす。丸太に当たるか当たらぬかのところで刀を止めて、そのまま納めた。

村人たちの目が丸太に集中した。

「とーっ！」

塩巻がふたたび気合の一声。切れたか、切れないかわからなかった丸太が、真っ二つにパカッと割れた。

村人たちの歓声が上がった。

「いやー、すげえものを見たな」

「丸太が真っ二つに割れただよ」

「さわってないように見えただが、あれで、丸太を真っ二つに斬っていただな」

「目にも留まらぬ早技とはこのことを言うだな」

「確かに日本一の豪傑だ」

重太郎は馬鹿馬鹿しくなった。

塩巻の刀は丸太には触れていない。あらかじめ切った丸太を置いただけだ。居合でもなんでもない。見世物の似非《えせ》武芸者がよくやる、「芸」だ。

「よし。今から銭を集めるから、銭を袋に入れよ」

高野が言い、門弟が袋を持って村人たちのところをまわろうとした。

「ぶははは」

重太郎が大声で笑ったので、高野、塩巻、村人たちが重太郎を見た。

「おぬしはなんだ」

高野が聞いた。

この剣客は塩巻の仲間か、いや、茶店の親父があまり強くないと言っていたので、この人も騙《だま》されているのだろう。

「日本一の豪傑とは笑止。ただの居合の見世物。皆の衆、騙されてはなりませんぞ」

袋に銭を入れようとした村人が手を止めた。

「どういうことだね」

「インチキだと言うのだ」

重太郎は丸太を拾うと、宙に投げた。

「えい」

刀を抜いて横一文字、落ちて来る丸太を真っ二つにした。

村人たちは一瞬の技に息を呑んだ。

「よいか、皆の衆」

重太郎は丸太を拾い、切り口を見せた。

「刀で切った切り口はこうなる。塩巻殿の切られた切り口は、斧《おの》で割ったような切り口」

「無礼者！」

塩巻が刀を抜いて重太郎に斬り掛かった。

居合の達人なら、近くまで来て、居合で斬り掛かればよいものを。こやつは自分が居合の達人であることも忘れているようだ。重太郎は塩巻の刀をかわすと、

「えい！」

鉄扇《てっせん》で一撃、塩巻の額《ひたい》を打った。

「覚えていろ」

塩巻は頭から血を流しながら逃げて行った。

村人たちは大笑いした。

「いやー、騙されずに済みました」

「ありがとうございます」

村人たちは口々に礼を言って帰っていった。

「恐れ入りましてございます」

高野弥平次が地面に平伏した。

「お手をお上げなされ」

重太郎が弥平次を立たせた。

「あのような者とは知らず、ついつい口車に乗せられたのでございます。恥じ入る限り」

やはり、弥平次は騙されていただけか。それにしても、あのようなインチキ武芸者を見抜けぬとは、茶店の親父はあまり強くないと言ったが、ほとんど武芸など出来ないのではないか。

「せめてお名前をお聞かせください」

弥平次が聞いた。

「薄田重太郎と申す」

「薄田様、たいしたおもてなしは出来ませんが、どうかしばらくの間、我が屋敷に食客《しょっかく》としてご逗留いただきたい」

ここにいてもたいして面白いことはなかろうが。

ただ重太郎はこれより奥州路をまわろうと思っていた。足腰を休める意味でも、しばしこの屋敷の食客になるのも悪くはなかろうと思った。

「では十日ほど、逗留させていただこう」

「一月、二月、半年でもご逗留いただければ嬉しい限りでございます」

弥平次は揉み手をしながら言った。

四

高野弥平次は武芸の腕はたいしたことはないが、若い頃に隣国常陸の剣豪、塚原卜伝のもとで修行をしたことがあったらしい。卜伝は四剣聖の一人と言われている。卜伝の手ほどきを受けて、剣技が上達しないのもいかがなものかと思うが、剣は才能もあるので、いくら師匠が名人でも弟子が名人になれるわけではない。それはともかく、当時の修行仲間が時々訪ねて来たり、修行仲間のそのまた仲間の武芸者が旅の途中で寄ったりする。そうした武芸者を丁寧にもてなすから評判もよく、さらには彼らから話を聞いて、名のある武芸者が訪ねて来る。

そうした食客の武芸者を近隣の金持ちや地侍のもとに連れて行き、剣技を披露してもらい、祝儀《しゅうぎ》をもらって、武芸者に草鞋銭を渡し、自分もそれが収入になる。そうして立派な屋敷を建てたようだ。

噂を聞いて、過日の塩巻のような奴も来るが、おおむねは昔の修行仲間の縁に繋がる武芸者が来るから、滅多に間違いはなかった。
四、五日逗留し、重太郎も二度ほど地侍の屋敷に同行し、そこの若党に剣技を教え、草鞋銭をもらった。そろそろ発とうかと思っていた時だった。
「薄田様、お願いがございます」

声を掛けたのは、弥平次の奥方であった。

「奥方様、いかがなされましたか」

「夫の弥平次のことでございます」

「高野殿がいかがなされました？」

「いえ、恥を申すようですが」

奥方が言うに、弥平次は時々、宇都宮に出掛け、遊廓の若菜屋《わかなや》にいる若浦《わかうら》という遊女のもとへ入り浸っているのだと言う。それは確かに、恥話だ。

まったくどこまで情けない男だろう。

「どうか、夫に意見をしてはいただけませんでしょうか」

奥方に頭を下げられた。

旅立つ前に、これは弥平次に一言言ったほうがよかろう。

重太郎は旅支度を整えると、宇都宮へ出掛けた。


宇都宮は宇都宮氏の城下町。北関東では一番大きな町だが、北関東の農産物の市が立つくらいで、博多や堺の十分の一程度の規模しかない。町もさほど広くないので、遊廓はすぐにわかった。遊廓の中でも一、二の大きな店が若菜屋だった。

昼間から、笛や太鼓の音が鳴っている。お祭り騒ぎの座敷がある。

「御免」

店に上がると、笛太鼓を頼りにめざす座敷の襖《ふすま》を開けた。

床の間を背に、赤い顔の弥平次が、両脇に遊女を侍《はべ》らせて酒を食らっていた。

「おう、薄田殿、よくここがわかったな。いや、こういう遊びがお好きでしたら、お誘い申しあげたのですが、いやいや、よく参られた。一献いこう」

呑気な弥平次に重太郎は呆れた。

「昼間から、お寝呆《ねぼ》けあそばすな！」

重太郎の一喝に、弥平次は三尺（九十センチ）ほど飛び上がった。そして転がるように下座に下がると平伏した。

「いや、何も寝呆けてはおりません。つまり、その……」

重太郎の怒鳴り声を聞き、妓楼の主人、若菜屋利助《りすけ》が飛んで来た。

「手前共に不調法がございましたら、幾重にもお詫び申し上げます」

重太郎に言わせれば、女子《おなご》に春を鬻《ひさ》がせる妓楼《ぎろう》そのものが不調法なのだ。だが、ここでそれを言ってもはじまらない。

「ご主人には関わりなきこと。私は奥方に頼まれ高野殿にご意見をいたしに参った」

重太郎は言った。

「ご意見もっとも。すぐに川口村に帰りますゆえ、平《ひら》にご容赦を」

弥平次は畳に両手をついて頭を下げた。

「では参ろう。支度をなされよ」

「お待ちください」

若菜屋が声を掛けた。

「もう夕暮れ時、今から川口村に帰られては真夜中になりましょう」

「だから、どうしたというのだ」

「せめて今宵一晩、こちらにお泊まりになり、明日の朝早くにお戻りになられてはいかがでしょう」

若菜屋にしてみれば、ことをまるく収めたい。何、重太郎も人の子だ。うまいものを食わせて、酒を飲ませて、女を抱かせれば、あまりきついことも言うまい。高野弥平次は銭を落とすから、逃がしたくはないのだろう。

一方、重太郎、真夜中に高野の屋敷に行き、一晩泊まれば、奥方に引き止められて、うっかりすればまた数日逗留することになりかねない。明日の朝なら、宇都宮の街はずれで弥平次と別れればそれでよかろう。

「ただ今、お部屋を用意させます」

「かたじけない。あと、ちと空腹であるから、にぎり飯をいただきたい」

「台のものとお酒をご用意いたします」

「そんなものはいらぬ。にぎり飯でよい。あと、部屋には女子は一切近寄ること、まかりならぬ。よいな」

重太郎を酒肴と女で籠絡しようという若菜屋の策はお見通しだったようだ。

「では、左様にいたします」


薄汚れた三畳の部屋をあてがわれた。

まぁ、よい。一晩だけのことだ。

弥平次は隣の部屋で、諦めて、とっとと寝たようだ。

にぎり飯を食ったら、あとはすることもない。重太郎も煎餅《せんべい》布団にくるまり横になった。


真夜中過ぎ、廊下の足音で目を覚ました。

女だ。

弥平次の部屋を訪ねて来たのか。違う。足音は重太郎の部屋の前で止まった。

若菜屋が女を寄越したのか。まぁ、いい。帰らせればいいだけだ。

障子が開いて、女が入って来た。

「何用だ」

重太郎が布団の中から声を掛けた。

「部屋間違いであるから、早々に立ち去られよ」

「部屋間違いではございません」

女が小声で言った。

「私は薄田重太郎と申す。隣の高田弥平次殿を迎えに来ただけの者。おぬしに用はない」

「私はございます」

「なんの用があると言うのだ」

重太郎は布団から起き上がり、女を見た。

女は畳に両手をつき、頭を下げた。

女を見て、重太郎は驚いた。

なんでだ！

何故、お前がここにいる！　しかもなんだ、真《ま》っ赤《か》な長襦袢《ながじゅばん》姿で。

「申し訳なく存じます」

女は妹のつぢだった。

「兄上、お話しせねばなりますまい」

「うん。話を聞こう。一体どうしたと言うのだ」

重太郎はいくらか冷静さを取り戻した。

妹が、なんだって関東の宇都宮で、遊女をやっているのだ。その事情を、とにかく知りたかった。

まず、つぢは、父、重左衛門が、広瀬軍蔵のために落命したところまでを話した。

「父上が闇討ちにあって亡くなったというのか」

「はい」

「な、何故だ！」

父の剣技は並みのものではない。だが、実際に重太郎も経験したが、闇討ちにはいろんな落とし穴があるのだ。重太郎も掛川堤では死と背中合わせだった。

「種子島で」

「何、種子島だと！」

闇討ちが卑怯な上に、種子島で。もちろん、相手はまっとうに立ち合っては勝てぬから、そのような手を用いたのだろう。

「それで、どうしたのだ」

「はい。私と兄上は、仇《かたき》の広瀬軍蔵一味を捜して、旅に出ました」

五

重蔵とつぢは、大坂、堺、京と、軍蔵一味を捜したが見付からなかった。

だが、片腕の小谷鉄蔵が一味にいることで、軍蔵らの動きがわかった。軍蔵らは東へ行ったようだ。人に聞くに、軍蔵は常陸の佐竹氏に縁者がいるとか。おそらくは、その縁者を頼るのだろう。

重蔵、つぢ、そして筑前から供をしてきた中間の五郎兵衛《ごろうべえ》の三人は関東へ向かった。しかし、常陸には軍蔵一味は来ていなかった。途中で追い越したのか、あるいは別の土地へ行ったのか。そもそも目立つ鉄蔵をいつまでも連れているのだろうか。

途方に暮れて、とりあえず相模まで戻ろうとした道。土浦《つちうら》の手前あたりで、つぢが足を痛めた。

通り掛かった駕籠《かご》につぢを乗せた。

しばらく行くと、重蔵の草鞋の紐《ひも》が切れた。駕籠と五郎兵衛を先に行かせて、紐を直した重蔵が後を追うと、五郎兵衛が血まみれで倒れていた。

「どうしたのだ」

「お嬢様が駕籠屋に」

駕籠屋は雲助《くもすけ》で、七、八人の駕籠屋や人足が現われ、五郎兵衛は袋叩きにされたという。

五郎兵衛の指差す先に、雲助たちが歩いているのが見えた。

「おのれ」

重蔵は走って雲助たちを追った。雲助たちは八人いたので、武士が追って来ても驚く様子もなかった。

「侍が追って来たぜ」

「構うことはない。さっきの中間と同じ目に遭わせてやろうぜ」

「貴様ら、何をする！」

重蔵が声を掛けた。

「知れたことよ。お嬢さんを女郎屋に叩き売り、うまい酒にありつこうって寸法だ」

「お侍さん、痛い目をみたくなければ、余計な真似はしないことだぜ」

数を頼みに声高になる雲助どもだ。黙って引き下がるわけはないだろう。こやつらをこのままにしておいては、旅人が迷惑するだけだ。斬っても構わぬか。

考えているところへ雲助の一人が重蔵の背後にまわった。

「くたばれ、侍」

と山刀を手に打ちかかって来た。

仕方がない。

重蔵は山刀をかわすと、そのまま刀を抜き、上段から一刀、雲助を斬り捨てた。

これには雲助たちが驚いた。

「ギャーッ」

「人殺し〜」

悲鳴を上げて逃げて行った。

「つぢ、大丈夫か」

重蔵がつぢを助けた。

「はい。大丈夫でございます」

「街道のダニゆえ、一人斬った」

重蔵はつぢを連れ、五郎兵衛のもとへ戻ると、五郎兵衛の傷の手当てをした。

しばらくすると、さっきの雲助たちが走ってきた。助っ人を連れて来たようだ。

「先生、お願いします。仲間の仇をとってください」

「あいわかった」

どうやら助っ人は武芸者らしかった。

武芸者は三人いた。

「おぬしたち、この者たちが街道の旅人を食い物にする無頼の徒と知って味方するのか」

「笑止」

武芸者たちは刀を抜いた。

相手は武芸者三人だ。油断はならぬ。

そう思って、重蔵も刀を抜こうとして武芸者たちを見て驚いた。

なんという偶然だろうか。三人の武芸者は、仇の広瀬軍蔵、大川八左衛門、成瀬権蔵だった。

つぢはあとで知ったのだが、偶然でもなんでもない。軍蔵らは佐竹の縁者を頼ったのだが、彼らの悪行は関東の地まで聞こえていて門前払いを食った。路銀が尽き、仕方なく、斬り取り強盗をやろうと思ったところ、雲助どもから用心棒の声を掛けられたのだ。

「貴様は広瀬軍蔵だな」

重蔵が叫んだ。

「なんだ、お前は？」

軍蔵は気付かなかったが、八左衛門は重蔵に気付き、「あっ」と言ってあとずさった。

「い、い、い……」

八左衛門の狼狽《ろうばい》に、権蔵も気付いた。

「どうしたのだ？」軍蔵の問いに、

「岩見重左衛門の倅《せがれ》です」権蔵が言った。

「広瀬軍蔵、大川八左衛門、成瀬権蔵、父の仇だ、観念いたせ」

重蔵が言い、つぢも懐剣を構えた。

「岩見の倅だと！」

軍蔵の体中の血が逆流した。

軍蔵の脳裏には、重左衛門と立ち合った時の、一瞬で喉笛に木剣を突き付けられた、あの恐怖が蘇った。

いかん。

間合いを詰めたら、今度は重蔵の刀が自分の喉を貫く。

軍蔵は後ろへ退った。そして、八左衛門と権蔵に目配せした。三人は等間隔で三角形を作る位置に立った。

軍蔵らも馬鹿ではない。それに武芸者だ。いずれは重蔵か重太郎が自分たちを討ちに来るだろう。その時のための策を用意していたのだ。

まともに立ち合っては勝ち目がない。そこで正三角形の陣形を用いることにした。

もしも一人が斬られた時に、残る二人が同時に打ち掛かる。等距離から二人同時に打ち掛かれば、相手は一方からの防御しか出来ず、倒すことが出来る。この際一人は倒されても仕方がない。残りの二人は助かろうという苦肉の策だった。

重蔵の腕をもってすれば二人同時に斬り倒すことも可能だが、軍蔵らも必死だった。

重蔵も慎重に間合いを詰める。軍蔵らは正三角形を崩さぬように、少しずつ退る。

つぢが重蔵の右後方に立った。

兄妹である。重蔵にはつぢの心が読めた。重蔵が踏み込み軍蔵を斬る。同時に打ち掛かる八左衛門と権蔵、つぢは右側の権蔵の前に出てその攻撃を阻《はば》むつもりだ。すれば八左衛門の攻撃をかわすことは重蔵には雑作《ぞうさ》もない。八左衛門を斬り捨てたのち、権蔵も斬ればよい。

ただそれでは、つぢが権蔵の刃に掛かる危険性が高い。

だが、つぢは覚悟を決めているようだ。三人をここで討ち果たせば、自分はどうなってもいい。旅に出た時から、死は覚悟の上だった。権蔵をキッと睨み付け、重蔵と一緒に間合いを詰めてゆく。

軍蔵らもつぢの考えに気付いた。

いかん、これでは三人とも斬られる。

足並みが乱れた。

今だ！

重蔵が踏み出そうとした、その時。

ズトン！

銃弾が重蔵の右肩を撃ち抜いた。

軍蔵のやや後方の茂みに、種子島の短筒を持った片腕の浪人がいた。小谷鉄蔵だ。

「岩見殿、私を忘れてもらっては困ります。お父上の時は心の臓を一発で仕留めさせていただきました」

鉄蔵がほくそ笑んだ。

重蔵が利き腕が使えない。なればと軍蔵ら三人が重蔵に斬り掛かった。重蔵は左手に刀を持ち替えて、八左衛門の刀を受けると、そのまま八左衛門の刀をはじき飛ばした。そして、前方から打ち掛かって来る軍蔵に刀の切っ先を向けて動きを止めた。

右から権蔵が襲い掛かった。つぢが立ちはだかった。だが、つぢの前にもう一人、権蔵の前に飛び出した男がいた。中間の五郎兵衛だった。権蔵のふりおろした刀は五郎兵衛を袈裟《けさ》掛けに斬り倒した。

「五郎兵衛！」

五郎兵衛を斬った権蔵が勢いづき、つぢに襲い掛かる。重蔵がつぢを庇うと、前から軍蔵が突いて来た。これを払った時、左側の八左衛門が刀を拾って斬り込んで来た。軍蔵の突きを払った一瞬、重蔵は八左衛門に背を向けていた。八左衛門の刀が重蔵の右の首筋に当たり、血飛沫《ちしぶき》が上がった。

「兄上！」

重蔵が倒れた。

「もう終わりだ。観念しろ」

軍蔵が上段にふりかぶった。その時、
ヒューッ。

石礫《いしつぶて》が飛んで来て、軍蔵の額に当たった。

「なんだ！　誰だ！」

礫を投げたであろう、巨漢の武芸者が走って来た。

「なんだ、種子島の音がしたと思ったら、侍と雲助が女連れに何をいたしておる！」

六尺（一メートル八十センチ）はあろうという巨漢で、面は髭まみれ、見るからに強そうな男だ。

「貴様、何者！」

軍蔵が聞いた。

「拙者は伊予《いよ》国松山《まつやま》、加藤左馬之助《かとうさまのすけ》の家臣、塙《ばん》団右衛門である」

塙団右衛門はのちに、重太郎や後藤又兵衛、真田幸村らと大坂の陣で名を上げるが、この時すでに、加藤家にその人ありという豪傑として世間に名は知られていた。

これは面倒な奴が現われた。軍蔵は思った。八左衛門と権蔵に目配せすると、刀を納め、

「御免」

一言言うと、その場から走り去った。雲助たちも蜘蛛《くも》の子を散らすように消えた。

「とにかく傷の手当てを」

団右衛門が言った。

「兄上！」

つぢが重蔵に走り寄った。重蔵は短筒で右肩を撃たれ、さらには右首筋に傷を負って瀕死《ひんし》であった。

「こっちは駄目だ」

権蔵に袈裟掛けに斬られた五郎兵衛は即死だった。

「中間さんは死んじまったから、どうしようもない」

団右衛門は荷物から晒しを出して、重蔵の傷口を塞いだ。

「とにかく、どこか人家に運ぼう」

団右衛門は重蔵を、雲助が置いていった駕籠に乗せた。

「娘さんに駕籠を担がせるわけにはゆかない」

そう言うと団右衛門は、重蔵を乗せた駕籠を軽々と一人で担いで歩きはじめた。

しばらく行くと、民家があった。

「御免」

民家の住人は驚いた。

それは驚く。六尺の大男が駕籠を一人で担いで入って来たのだ。

「なんだね、お前さんは」

「この駕籠の中に怪我人がいる。すぐに医者殿を呼んでください」

六.

「医者の手当ての甲斐《かい》なく、兄上は亡くなりました」

つぢの言葉に、重太郎の目から涙がこぼれた。

父上だけでなく、兄までも死んだというのか。しかも卑怯者たちの奸策《かんさく》にはまって。

優しい兄だった。父に剣術を教えてほしいと頼んでくれた。戸田流の奥儀を教えてくれたのも兄だ。

なんということだ。何も恩返しをしていないのに。

そして父上。何よりも重太郎の身を案じてくれた父だった。

「兄上の最期のお言葉は、重太郎を捜せ、そして無念を晴らしてくれ、でございました」

いたたまれなかった。

土浦と言えば、目と鼻の先ではないか。

そこで兄は、広瀬軍蔵らの返り討ちに遭い、最期を遂げられた。しかも、小谷鉄蔵の種子島でだ。

許せん。父と兄の無念は、何としても晴らさねばなるまい。

「で、お前は何故、宇都宮で遊女をしているのだ?」

「はい。それもお話しせねばなりません」


兄、重蔵と、中間の五郎兵衛は、土浦のはずれの百姓、松兵衛《まつべえ》夫妻が手伝ってくれ、近くの寺に葬られた。

「仇討ちの助っ人をしたいのは山々なれど」

塙団右衛門も重蔵と五郎兵衛の弔いまでは付き合ってくれた。

「拙者は主家の御用があり、伊予に戻らねばならぬのだ」

「今までのご恩、かたじけのうございます」

「わしがあと一足早く、あの場に来ていれば、重蔵殿は命を落とすことはなかった。悔しい限りだ」

「いいえ。私も命を助けていただきました。兄も団右衛門様には感謝の言葉もございません」

「決して、一人で仇を討とうなどと思わぬよう。日の本は太閤殿下が天下を治められた。六十余州、逃げられるものではない。兄の重太郎殿を捜して、二人力を合わせて仇を討たれよ」

そう言って、旅立って行った。


百箇日まで、つぢは松兵衛夫妻の好意に甘え、夫妻の家に逗留した。そして、毎日、重蔵と五郎兵衛の墓に参って、仇討ちを誓った。

とは言え、武芸者三人に、短筒使い、女一人で仇討ちは出来ない。ここは重太郎を捜すしかない。一度、筑前名島に戻り、重太郎が帰るのを待つというのもある。だが、広瀬軍蔵らはどこに逃げてしまうかもわからない。団右衛門は六十余州逃げられるものではないと言ったが、ばらばらになって名前を変えて、どこかの大名に仕官してしまえば、見付け出せるものではなかろう。

このままでは仇討ちはままならない。つぢはある決意をする。

まず、つぢは筑前名島の薄田七左衛門に手紙を書いて、重蔵の死を知らせ、重太郎を捜してくれるよう頼んだ。

「では、薄田の父上は今？」

「兄上を捜すために手を尽くされていると思います」

「わかった。父上にはすぐに手紙を書こう。それで、お前は広瀬軍蔵を捜したのだな」

「女一人の力で出来ることは限られております。そこで……」

「どうしたのだ」

「人の集まるところなら、広瀬軍蔵の行方《ゆくえ》を知る者と会えるやも知れぬと、私は遊女になりました」

なんと。今、宇都宮で遊女になっているのは、自らすすんでなったと言うのか。

「この店の主人、若菜屋利助殿は、松兵衛殿の親類でございます」

「つぢ、お前は遊女がどのようなものかを知っていて遊女になったのか」

「兄上、つぢはもう十九歳でございます。すべてわかった上で、憎き広瀬軍蔵の居所を探すためなら」

「わかった。皆まで言うな」

宇都宮には隣国、常陸の侍も遊びに来る。その侍から、広瀬軍蔵らが佐竹を門前払いされた話を聞いた。広瀬らはふたたび京、大坂へ向かったという話と、まだ関東にいるのではという話を聞いた。いずれも根拠のない噂話だった。

そうこうするうちに、

「高野弥平次様にお会いしたのでございます」

「何、では、お前が若浦か」

「はい。ここでの名は若浦。高野様が一刀流の剣客と聞き、もしも広瀬と出会った時は助太刀を頼もうと思っておりました」

知らないとは恐ろしい。高野の剣法は算術剣法で、仇討ちには役には立たない。

「まぁ、よい、ここで会えたからには、私が必ず広瀬軍蔵、小谷鉄蔵らを討ち果たしてくれよう」

「お願いいたします」

つぢは頭を下げた。

「よし。すぐに奴らを見つけ出そう。だが、私は小谷鉄蔵の顔は知っているが、広瀬、八木、成瀬の顔は知らぬ」

「私が。あの三人の顔は忘れようにも忘れられません」

「よし。なればこんなところには一刻でもいてはならぬ。すぐに出立しよう」

重太郎はつぢを連れて、すぐに若菜屋を出た。

つぢは自ら遊女になったので、若菜屋に借金があるわけではなかった。

若菜屋の主人には、重太郎が兄であること、これから仇討ちの旅に出ることを手紙にしたためた。

重太郎とつぢはひとまず、土浦に向かった。重蔵と五郎兵衛の墓に参り、世話になった松兵衛に礼を言うためだ。

七.

「何！　薄田重太郎と若浦が駆け落ちしただと！」

翌朝、若い衆から、夜中に、重太郎と若浦が出奔《しゅっぽん》したと聞いた弥平次は激怒した。

重太郎は奥方に言われて意見をしに来たはず。その重太郎が、自分が惚れて通い詰めていた女をさらって逃げたのだ。

「いやいや、高野様、違うのでございます」

若菜屋が重太郎の手紙を見せた。

「何が違うのだ？　手紙？　読みたくもない」

「ですから、あの客人は若浦の兄だったんです」

「兄だと？　兄と駆け落ちしたのか？」

「ですから、駆け落ちでなく、仇討ちです」

「お前の話はわからん。もうよい。二度とこの店には来ないから、覚えていろ」

いや、来ない客を覚えている義理はないだろう。若菜屋は思った。まぁ、金は落としてくれたが、威張るし、女の評判は悪いし、若菜屋にとっては、高野は実は迷惑な客だった。客はあんただけじゃないよ。もう来なくて結構だ。若菜屋は心の中で思った。

弥平次は面白くない。居酒屋に入って酒を食らっていたら。

「高野殿、いかがなされましたかな」

声を掛けて来たのは、なんとあの、インチキ居合術の塩巻平蔵だった。

「なんだ、インチキか」

「インチキはご挨拶ですな。私のは芸でございます」

「だったら武芸者ではなく芸人ではないか。お前に騙されて、私は恥をかいたんだ」

「これは心外。村の衆も私の芸に感心し、皆、銭をくれようとしていた時に、あの武芸者が邪魔をしたのではございませぬか。高野殿に恥をかかせたのは私ではない。あの武芸者、確か薄田と申しましたか。あの男ではございませんか」

聞きたくもない名前を聞いた。弥平次も今、重太郎に恥をかかされたところだ。塩巻の言う通りだ。あいつのおかげで恥をかいたんだ。そして、今、女をさらわれて、また恥の上塗りをしている。

「おい、酒がないぞ!」

弥平次が怒鳴った。

「まぁまぁ、酒なら、どうぞ」

塩巻が自分の飲んでいた徳利から酒を注いだ。どうせ勘定の時に、全部弥平次に押し付けるつもりだ。

「何があったかお話しください。私が力になりますよ」

塩巻が言った。

八.

重太郎とつぢは土浦の松兵衛夫妻のもとに身を寄せた。

重太郎は松兵衛夫妻に礼を述べた。

「これは些少《さしょう》だが、お受け取り願いたい」

いくらかの銭を包んだ。

「薄田様、ご冗談はおよしください。私どもは銭が欲しくてしたわけではございません。それに、父上、兄上の仇討ち、敵を捜すにも銭はいります。どうかこの銭は納めてください」

「しかしそれでは」

「仇討ちがなった暁に、兄上のところへまたお参りください。その時には喜んで、銭は受け取りましょう」

「かたじけない。松兵衛殿」
二、三日、重太郎とつぢは松兵衛方に逗留し、土浦の城下で、広瀬らの行方を聞いたが知れなかった。

「もうこのあたりにはいないかもしれぬ。一度、京へ行って、手掛かりを探してみよう」

そう言っていた時、

「御免」

訪ねて来たのは、土浦代官所の杉山《すぎやま》某《なにがし》という捕吏で、武装した足軽を五人連れていた。

「こちらに薄田重太郎はおるか」

「薄田重太郎は拙者でござる。何か」

「宇都宮家より、宇都宮の城下で強盗を働いた薄田重太郎が、土浦の百姓松兵衛方に潜伏しているとの知らせが参った。薄田重太郎、神妙にいたせ」

強盗とはどういうことだ。何かの間違いに違いない。

「身に覚えなきこと。一体何をしたというのですか」

「黙れ黙れ。薄田重太郎、下野川口村の武芸者、高野弥平次からの訴えがあった。宇都宮の妓楼主人、若菜屋利助を殺害し、金十両を盗み、遊女、若浦をさらい逐電いたしたであろう」

なるほど。つぢを連れて逃げたのを、弥平次が逆恨みして、役所に訴えたというわけか。だが、若菜屋利助を殺したとはどういうことだろう。まさか高野が、重太郎の罪を重くするために殺した？　いや、高野は情けない奴だが悪人ではない。

捕吏たちを倒して逃げるのは雑作もないが、逃げれば松兵衛夫妻に迷惑が掛かる。宇都宮に連行されればすぐに疑いは晴れるはず。

「かしこまりました。お手数をお掛けいたします。同道いたしましょう」

重太郎が言うと、

「よし。縄打て」

杉山某が命じた。

「縄打たずとも、陣屋に参ります」

「貴様は人殺しだ。抵抗すれば、斬っても構わぬ」

乱暴な奴だと思ったが、ここは我慢するしかない。

「それから、女、貴様が若浦だな」

杉山はつぎに言った。

「お前が薄田重太郎を手引きし、若菜屋を殺したとの訴えだ」

「そんな、若菜屋殿には世話になっている身、何故私と兄上が若菜屋殿を殺さねばならぬのです?」

「金に目が眩《くら》んだのであろう。それ、女にも縄打て」

重太郎とつぢは縄で縛られて、土浦の代官所に連行され、別々の牢に入れられた。


土浦は徳川領で、土浦城には家康の次男である結城秀康《ゆうきひでやす》が入り、行政や治安は徳川家の代官が取り仕切っていた。宇都宮で罪を犯したであろう重太郎らを徳川の代官が捕らえたが、その裁きは宇都宮氏に委ねられる。

宇都宮から護送の役人が来るまで入牢と言われた。三日経《た》っても役人は来なかった。宇都宮と土浦は十五里くらいだ。

「牢番殿、いつまで我らをここに入れておく気だ」

流石に重太郎は苛立《いらだ》った。

「宇都宮から役人が来る。しばし待て」

牢番はそれしか言わない。

「杉山殿を呼んでいただきたい」

「杉山様は御用繁多《はんた》だ」

牢番は取り合わないし、杉山は重太郎に会おうともしない。

五日目に牢を訪ねて来た者がいた。

「薄田殿、久しぶりでござるな」

訪ねて来たのは、塩巻平蔵だった。

「日本一の豪傑殿か」

重太郎は皮肉に言った。

「いや、ちょいとご挨拶に参っただけ。実は今度のことは、わしが高野弥平次殿に頼まれて書いた筋書きでござるよ」

「なんだと？」

「薄田殿は宇都宮の妓楼、若菜屋利助方に押し入り、主人の利助を殺害し、金と遊女若浦をさらって逃げた極悪人」

「若菜屋殿を殺してなどおらぬ」

「それは百も承知。若菜屋を殺したのはわしでござる」

「何！　貴様が若菜屋殿を殺したのか」

なんと、インチキ武芸者が黒幕だったとは。だが、インチキを見破っただけで、これほどまでの恨みを買うものなのか。

「ちなみに、わしのホントの名は塩巻平蔵ではござらぬ」

「なんだと？」

「わしの名は成瀬権蔵」

「なに！」

成瀬権蔵、仇の一人ではないか。何故ここにいるのだ！　そして、塩巻平蔵を名乗っているのだ。

「それもこれも、貴様のおかげ」

広瀬軍蔵はつぢが筑前名島に手紙を書き、重太郎を呼んで自分たちを捜すだろうと考えた。小谷鉄蔵は広瀬らに十八人斬りの夜の話をしたので、広瀬軍蔵は恐れた。

「この上は四人別々に行動しよう」

軍蔵が言った。

「そんな。広瀬様のおかげでこのような目に遭っているのだ。我らを見捨てるのか」

八左衛門が言った。

「重太郎は重左衛門や重蔵のようにはいかん」

鉄蔵が言った。

「奴の剣には神懸《かみがか》りなものがございます」

「とにかくこの場は四人別々に逃げて、重太郎の追跡を逃れることが先だ。一年後、堺で会おう。その時までに、必ず身の置きどころを用意しておく」

そう言って、軍蔵は西へ去り、八左衛門と鉄蔵は奥州へ旅立った。

「わしもどこかへ行きたいが一文なし。仕方なく高野殿の屋敷の食客となったが、そこへおぬしが来ようとはのう」

「広瀬軍蔵は西へ行ったのだな」

「西へ行ったが、おぬしには広瀬殿を追う術はない。なぜなら、おぬしはここで首を討たれるのだ」

権蔵は笑った。

高野から重太郎とつぢの話を聞いた権蔵は、その夜、若菜屋へ押し入り、利助を殺して金を奪った。そして、翌日、高野弥平次が宇都宮の役所に訴えた。

宇都宮の役人が調べるに、前日、重太郎が若浦を連れて逃げたのは事実、なれば強盗も重太郎に違いないと、弥平次の訴えを信じた。権蔵が重太郎は土浦に寄るかもしれないと言ったので、宇都宮家から徳川家の土浦の代官所に知らせが走った。そして、土浦の代官所が松兵衛の家に滞在していた重太郎とつぢを捕らえた。

「わしは宇都宮の役人と一緒に、お前の首実検に来た。わざわざ宇都宮に護送するのは面倒。わしの証言で、お前はここで打ち首になるのだ」

「なんだと！」

重太郎は奸計《かんけい》にはまった。しかも、インチキ武芸者、いや、広瀬軍蔵の仲間、成瀬権蔵の罠にはまった。

「つぢはどうなる！」

「女か。女はもともと若菜屋の遊女だ。生涯、遊女として働いてもらうわ」

「おい、そやつで間違いがないか」

宇都宮家の役人と、杉山某が現われた。

「はい。こやつが若菜屋利助を殺害した、薄田重太郎に間違いはございません」

権蔵が言った。

「宇都宮家と徳川家はともに豊臣家の家臣。お互い手間をはぶくため、宇都宮の領地での重犯罪者が徳川領に逃げ込んだ場合は、徳川で処断することになっておる。薄田重太郎、観念いたせ」

杉山が言い、配下の役人に目配せした。

役人が二人、牢に入って来た。

この者たちには罪はないが、今、ここで打ち首になるわけにはいかない。許せ。

重太郎は役人一人の懐に飛び込んで小刀を奪うと、二人を一刀で斬り伏せた。

牢の外の役人たちの顔色が変わった。

「神妙にしろ」

叫んだ杉山の首は、次の瞬間、地面にころがり落ちていた。

重太郎は杉山の刀を奪い、最初の役人の小刀との二刀流で、その場にいた宇都宮の役人と、杉山の部下を三人、斬り倒した。何人かは逃げた。その中に権蔵もいた。なんて逃げ足の早い奴だ。

逃げた役人は、助っ人を呼んでくるだろう。早く、つぢを連れて逃げねば。

牢番が腰を抜かしていた。

「い、命ばかりは」

「お前には世話になった。命は取らぬ。女牢に案内いたせ」

牢番に案内させ、女牢に行く。

「つぢ！」

「兄上！」

「おい、すぐに牢を開けろ」

「へい」

牢番は鍵を開けた。

「我らを無実の罪に落とした塩巻平蔵は、成瀬権蔵であった」

「はい。ここに来て、兄上はもうすぐ打ち首になると」

「打ち首になんぞなってたまるか」

重太郎は言った。

「まず権蔵を捕らえよう。さすれば広瀬軍蔵の居所も知れよう」

表で人の声がする。役人が牢屋敷のまわりを囲んだようだ。

「有象無象《うぞうむぞう》の役人どもだ。斬り抜けるぞ」

「それをお貸しください」

つぢが言うので重太郎は小刀を渡した。

次の瞬間。うっ、という呻《うめ》き声がした。

何事だ！

重太郎がふり返ると、つぢが自らの胸を小刀で貫いていた。

「何故だ！」

「兄上、私がいては、足手まとい。どうか、父上と重蔵兄上の仇を。お頼みいたします」

それだけ言うと、つぢはこと切れた。

確かに、つぢと二人では、役人の包囲から斬り抜けられるかはわからない。

だからと言って、自ら命を絶つとは。

それもこれも権蔵の奸計、いや、それにあっさりはまった重太郎の落ち度だ。

「つぢ、許せ」

牢屋敷を飛び出した重太郎、役人たちの中に権蔵を探したが、いなかった。権蔵は逃げたのか！　いや、どこかで様子を見ているはずだ。重太郎が討たれるか、逃げ切るかを、広瀬軍蔵に知らせる役目がある。

「だーっ」

重太郎が声を上げて斬り込むと、役人たちは退いた。

逃げた役人は、杉山はじめ六人を一瞬で倒した重太郎の腕を知っている。

「種子島だ！」

士分の男が声を掛けると、三人の足軽が種子島を構えて現われた。

重太郎は刀を投げつけ、一人の足軽を倒した。重太郎が刀を投げたので、別の役人が斬り掛かって来た。重太郎は役人の腕を取ると、そのまま種子島を構えた足軽に投げつけた。

さらに斬り掛かってくる役人の刀を奪うと、あとは斬って斬って斬りまくった。

代官所を出ると、はるか先に権蔵の逃げてゆく後ろ姿が見えた。代官所の外で様子を見ていたのだ。

追おうと思ったが、役人が追って来た。とりあえず、逃げねば。かすり傷だが、重太郎も手傷を負っていた。

役人と刃を交えながら、重太郎は山へ逃げた。

どうやら追手は諦めたようだが、あちこち斬られて、さらには疲れもあった。牢内ではわずかの粥《かゆ》くらいしか食べてはいない。

森の中で意識を失いかけた時、

「大丈夫か」

声を掛けた男がいた。

第三章　狒々《ひひ》と妖怪退治

一

重太郎は狩人《かりゆうど》の小屋に担ぎ込まれた。

「その傷は刀傷。このあたりで戦さはござらぬが、一体どうなされた」

狩人が傷の手当てをしながら言った。

「かたじけない。奸計に落ちて、不覚を取りました」

「一体何人斬りなすった」

狩人は四方八方から浴びた返り血を見て言った。

「何人斬ったかは数えてはおりません。斬り抜ける以外に手はなかった。斬った数を数える余裕などございません」

それはそうだ、と狩人は目で応えながら、手当てを続けた。

「黙って手当てをしているのも退屈じゃ」

狩人は言った。

「力にはなれぬが、事情を話してはいただけませぬか。手前は、元北条家の家臣で、稲毛多四郎《いなげたしろう》と申す。北条家が豊臣に敗れ、豊臣の家臣として取り立ててもよいと言われたが、武士として生きるのが嫌になり、山家《さんか》暮らしを選びました」

重太郎には多四郎が清廉《せいれん》な人物に見えた。そこで、今までのいきさつを語った。

「で、これからどうなさる？」

一通りの手当てが済むと、多四郎は濁酒《どぶろく》を椀に注ぎ、重太郎にすすめた。

「かたじけない」

重太郎は濁酒を飲み干すと、

「山を下り、広瀬軍蔵一味を討ちます」

と言った。

「山を下りれば、役人が待っていますぞ。最初の若菜屋殺しは誤りでも、そのあと、多くの役人を斬った。この罪は免れません」

「しかし……」

「とりあえずお逃げなさい。ここにも間もなく追手が来よう」

多四郎の言うこともわからぬではない。土浦に戻れば、また捕吏に追われる。

何度でも斬り抜ける自信はあるが、また多くの命を奪うことになる。めざす仇は広瀬軍蔵ら四人だけだ。その広瀬は西に行った。なれば重太郎も西に行くべきだ。

「ここは筑波《つくば》の山。西に行けば下野国。さらに西へ進み上野、信濃《しなの》、美濃《みの》を抜けて、京へ行かれるがよかろう」

「かたじけない」

「ちょっとお待ちを」

多四郎は奥の間に行き、紋服と刀を一振り持って現われた。

「もう私は使わぬものだから。お使いくだされ」

「失礼いたす」

重太郎は刀を検《あらた》めた。

日頃から手入れの行き届いた刀だった。

「私には不用のものだ」

いや、何かの折に、この刀を活《い》かそうと手入れをしていたのだ。ただその何かの折が、今の多四郎にはもう来ないかもしれない。そのことは多四郎自身が知っていることなのだ。だから、使う目的があるのなら、今日はじめて会っただけの男だが、重太郎の役に立ちたい。重太郎には多四郎の気持ちがわかった。

「かたじけない。いただこう」

重太郎は刀を押し戴《いただ》いた。

「必ず仇をお討ちなさい」

多四郎が言った。

「広瀬軍蔵ら討ち果たした暁には、必ず、筑波の山をお訪ねいたす」

「その時は猪《いのしし》の肉でも振る舞いましょう」

二

重太郎は筑波山を西に降り、下野を抜けて、上野、そして、信濃へと入った。

何せ、持ち物は、多四郎よりもらった刀があるだけ。一文なし。

当然、腹も減る。

宿場に着くと、角々に立って謡《うたい》をやる。

謡なんぞ、習ったことはない。重左衛門がやっていたのの見よう見真似、いやとても謡には聞こえない、箏もそうだが、重太郎には音曲、遊芸の才は皆無だった。民家の前で、なんか大きな声でわめくから、家の人は驚いて戸を閉めてしまう。戸を閉められても、かまわず、謡……のような怒鳴り声を上げるから、家の者は根負けして、二文、三文の銭をくれる。

こうなると、恐喝《きようかつ》だ。

銭が貯まると、飯屋に飛び込み、丼飯《どんぶりめし》を食い、あまった銭の分のにぎり飯をこしらえてもらい、それを懐に次の宿場まで歩くのである。

そんな旅を十日ほど続けた。


信濃の松本《まつもと》という街までやって来た。

重太郎は空腹だった。

前の宿場で買ったにぎり飯はとっくに腹の中だった。途中、農家はあったが、軒下で謡をやると、家の者が皆、逃げてしまう。誰もいないところでいくら声を張り上げても一文にもならない。

丸二日、川の水しか腹に入れていなかった。

街の真ん中に来たあたりで、どこからか酒の匂いが漂って来た。

酒だ！　多四郎に濁酒を振る舞われて以来、酒は飲んでいなかった。

酒の匂いを頼りに進むと、大きな酒屋があった。

重太郎は酒屋に飛び込んだ。

「すまぬ、酒を飲ませてくれぬか」

「申しわけございません。手前どもは酒問屋でございます。小売はいたしておりません」

まだ年若の番頭が出て来て言った。

「酒があるのに飲ませない。理不尽だ！」

重太郎の顔が真に迫っていたのだろう。

「うちは問屋でございますから、利《き》き酒をなされたらいかがでしょう」

「利き酒か」

「どうぞ。おい、小僧、利き酒をご用意しろ」

小僧が一合の枡《ます》になみなみと酒を注いで持って来た。

酒の香りだけで、空《す》きっ腹に染みた。

クーッと一気に飲み干した。

腹の中がカッと熱くなった。

「おい、もう一杯くれ」

「旦那、利き酒のお代わりなんてございませんよ」

番頭は笑い出した。

「ないのか」

流石の重太郎が落胆の顔を見せた。

「ようがしょう。私がご馳走いたしましょう」

番頭が言った。

「ホントか！」

「その代わり、お武家様にお願いがございます」

「なんだ、なんでも聞こう」

「時にお武家様はお強いんでしょうな」

番頭が重太郎の顔をのぞき込んだ。

「おう強いぞ。二升でも三升でも飲める」

「いや、酒ではございません。剣術のほうでございます」

三

松本から北へ七里、大町《おおまち》というところがある。大町の城下から、さらに一里離れたところに国常《くにとこ》大明神がある。

番頭はその里の出身だった。

重太郎は一晩、番頭に酒を振る舞われ、にぎり飯をもらい大町への道を急いだ。

「ちょうど明日が国常大明神の祭礼でございます。祭礼の前日に、里で十六、七の娘のいる家に白羽が飛んで参ります。その家は娘を差し出さねばならないのです」

「娘を差し出さねばならないとは、どういうことだ?」

「生贄《いけにえ》でございます」

「生贄とはなんだ?」

「祭礼の夜、国常大明神の奥殿に娘を置いていくと、翌日には腹を割《さ》かれた死骸になっているのでございます」

「腹を割かれた死骸だと？　おかしくないか？」

「はい。少なくとも国常大明神様がそのようなことをするはずがございません」

番頭はきわめて冷静だった。

「やはり、私が見込んだだけのことはありますな」

「わしにどうしろと言うのだ？」

「娘を殺しているのは、おそらくは国常大明神の名を騙《かた》る何者かの仕業ではないかと思います」

「なるほど、そやつらをわしに懲《こ》らしめてくれと言うのか」

「はい」

「役人には届けないのか」

「役人は何もしてくれません」

「お前はなんでそんなことをわしに頼む？」

「五年前、私の妹が殺されました」

「なんだと？」

妹と聞き、重太郎はつぢのことを思い出した。土浦で役人に包囲され、足手まといになるからと自害した妹……。

「私は妹を守れなかった」

番頭は泣きながら言った。

妹を守れなかったのは、自分も同じだ。しかも、つぢは自ら命を絶ったのだ。

「私はただの百姓で、剣術も知らない。それでも妹を助けようと国常大明神に行こうとしましたが、村長の命令で、参道を村人が塞ぎ、行ってはならぬと」

「行けばお前も殺されていた」

「はい。だから私は酒屋に奉公しました」

「なんだ？」

妹を助けられなかったから酒屋に奉公した、どういう理屈だ？

「豪傑には酒豪が多い。ですからこの酒屋に奉公し、国常大明神の祭礼の前に、豪傑に酒を振る舞い、妹を殺した奴を、妹の仇を討《う》ってもらおうと」

つまり豪傑探しのために酒屋に奉公した、酒を餌《えさ》に豪傑を釣ろうというのか。

重太郎は釣られたわけだ。

「面白い！」

重太郎は笑った。

「だが、奉公して五年と言ったな。これまでも豪傑に酒を振る舞ってきたのだろう」

「ええ。皆さん、口では引き受けてくれるが、松本を出ると逃げてしまう。ただ酒飲まれて、それまででした」

なんと、豪傑の飲み逃げか。豪傑も情けない。

「わかった。わしはそのような豪傑とは違う。酒の恩はきっちり返そう。もう二度と娘たちが殺されることのないよう、悪党どもはきっちりと懲らしてくれる」

「よろしくお願いいたします」

番頭の願いは本気だった。この願いに応えねばならない。つぎのためにも、やらねばならぬと重太郎は思った。


里は祭礼で賑《にぎ》やかなのに、空気が澱《よど》んでいた。

まるで葬式のような気分が漂っていた。

重太郎は茶店で酒を頼んだ。番頭からはわずかな銭をもらっていたので、ちびちび酒を飲みながら、夕方を待った。

茶店で村人の話に耳を傾けていると、どうやら今年白羽がたったのは、名主の藤兵衛《とうべえ》の娘らしい。

藤兵衛は娘を生贄にすることを拒んだが、村人たちに説得された。十年前にも生贄を拒んだことがあったが、その時は村中の田畑が荒らされ、結局数日後には、白羽の娘は神隠しに遭い、しばらくして腹を割かれた死骸で発見されたそうだ。

うむ。これは人の仕業ではないかもしれない。もしかしたら、何か妖怪のようなモノでもいるのか。重太郎は思った。

これは心してかからねばなるまい。

日が暮れたので、重太郎は国常大明神へ向かった。大明神の社殿は山の中腹にあった。

長い石段を上った。あたりは森で、うっそうとした木々が石段のまわりに茂っている。空気が張り詰めている。まさに霊山である。

やはり何か悪神の仕業であろうか。日本には八百万《やおよろず》の神々がいて、中には悪神もいると聞く。だが、ここ国常大明神に祀《まつ》られているのは、神世七代《かみよななよ》の最初の神だ。そのような悪神を国常大明神がお許しになるわけがない。

やはり何か妖怪の類の仕業であろう。

社殿には、たくさんの供物があった。米や野菜だ。

見ると酒もあった。

とりあえずもらうか。

空腹で飲むのもなんだ。見ると、赤飯が供《そな》えてあった。

これはよい。

重太郎は赤飯を食べながら、酒を二升飲んだ。二升飲んだら眠くなったので、社殿の奥で、しばらく寝ることにした。


人の気配で目が覚めた。

生贄がやって来た。駕籠に白無垢《しろむく》を着せた娘を乗せて、十人ほどの村人が付き添って来たようだ。

付いて来た神主が祈り、儀式は終わった。

「さぁ、皆の衆、山を下りよう」

「私はここに残る」

この男が名主の藤兵衛、娘の父親だ。駕籠の傍《そば》を離れなかった。

「藤兵衛さん、勝手は許されない」

「何が勝手だ。これは私の娘、勝手に殺させてなるか」

「村のためだ」

「なら、私も娘と一緒に殺してくれ」

藤兵衛は駕籠の前で泣き崩れた。

「どうするね」

「置いてゆくわけにもいかない」

「藤兵衛さんを置いて行ったら、神様がお怒りになるよ」

「なぁ、藤兵衛さん、皆のためだ。一緒に帰ってくれ」

「娘を生贄にしろなどという神があるか！」

藤兵衛は怒鳴った。

「私はここに残る。そして、娘を殺すという神様に文句を言ってやる。その上で、娘と一緒に殺してもらう。それだけだ。文句はあるまい」

「なら、何故、五年前は文句を言ってくれなかったんだ」

村人たちの後から声がした。声を掛けたのは、松本の酒屋の番頭だった。

「佐吉《さきち》か！」

藤兵衛が言った。

「五年前、おらが妹を助けに山に行こうとしたのを村中で止めた。妹は腹を割かれて死んだ。次の年は与助《よすけ》の娘、その次の年は丑蔵《うしぞう》の妹、その次の年は半助《はんすけ》の娘、去年は吉兵衛《きちべえ》の娘が死んだ。その時も名主様は、村の掟《おきて》だと何もしてくれなかった。なのに自分の娘に白羽が立ったら。そんな理不尽があるか！　名主様が残るなら、おらも残る。もしも神様でない、何物かなら、おらも一緒に戦う。村の衆も、来年は自分の娘に白羽が立つかもしれない。残って一緒に戦ってくれ」

佐吉は言った。

「いやいや、佐吉の言うことはわかるが。相手は、ほら、神様だから」

「腹割かれて死にたくないし」

「うちは娘はいないし」

村人たちは勝手なことを言い、

「そろそろ刻限だよ」

「山を降りないと」

「藤兵衛さんに佐吉よ、どうしても残りたいなら、お残りなさい」

と言って、山を下りて行った。

「佐吉、すまん」

藤兵衛が言った。

「謝ってもらってもしょうがない。名主様、おらたちで、神様の正体を暴《あば》いてやりましょう」

「だが、私とお前で、それが出来るか」

「助っ人が、来るはずです」

佐吉が言った。

重太郎はもう少し社殿の中で様子を見ようと思った。相手が妖怪ならともかく、人の仕業なら、重太郎がいると出て来ないかもしれない。

静寂の中、時だけが過ぎた。

「ホントに助っ人は来るのか」

藤兵衛が言った。

「来ます」

佐吉が言った。

「ええ。来ますよ。あのお武家は今までの連中とは違います」

「まぁ、どっちでもよい。わしは死ぬ覚悟は出来ている」

駕籠の中からは、娘のすすり泣く声が聞こえた。

「ずっと傍にいる。安心いたせ」

藤兵衛が駕籠の中に語り掛けた。

その時、ズシン、ズシン。もの凄《すご》い振動が響いた。

なんだ！

社殿の奥から、身の丈六尺（一メートル八十センチ）、けむくじゃらの物体がのっそりと現われた。闇《やみ》の中、その目だけが輝いていた。

なんだ、あれは！　あれが神様の正体か。いや、神のふりをした何かだ。

それはおそらく獰猛《どうもう》な獣《けだもの》の一種であろう。

重太郎は気配を感じ、社殿から飛び出した。

「お武家様！」

「佐吉、娘を連れて、社殿に逃げろ！」

重太郎の声を聞くと、獣は咆哮《ほうこう》を上げて、駕籠に突進した。藤兵衛が駕籠の前に立ちはだかった。

いかん！

重太郎は獣に向かって走り、跳躍し、獣の背中に一撃を食らわせた。多四郎にもらった、手入れの行き届いた刀だ。獣の背中から鮮血がほとばしった。

だが、それは致命傷を与えるほどのものではなかった。

ふり返った獣は重太郎を睨《にら》んだ。

目は赤く輝く。

全身に銀色の棘《とげ》のような毛が逆立っていた。

そして、獣は跳躍した。重太郎は素早くかわし、神木の陰に隠れた。

なんだろう、あいつは！

刀の一撃で血は流したものの、たいした痛手を与えていないのは、皮が硬くて厚いのだ。相手の弱いところ、腹に刀を突き刺せばなんとかなるかもしれないが、獣の腹に飛び込むのは容易ではない。今、獣の手の先が見えた。一尺（三十センチ）はあるであろう、爪が鋭く伸びている。あれに捕まったら命はない。

獣を倒す策はない。しかし、駕籠から獣を離さねばならない。

重太郎は礫《つぶて》を投げて、鳥居の方向に走った。追いつかれたら死ぬ。

「うおー！」

重太郎が鳥居の敷石の陰に屈《かが》むと同時、獣の爪の一撃が鳥居をなぎ倒した。

「今のうち、早く」

佐吉が娘を駕籠から出し、社殿に走った。

藤兵衛は！

なんと駕籠の前で立ったまま気を失っていた。

佐吉は娘を連れて、社殿に飛び込んだ。

とりあえず、娘の前からは危難が去った。

重太郎は二度、三度、獣の爪をかわした。

なるほど。獣の動きが読めた。獣は大きくふりかぶって横からしか手での攻撃が出来ない。腹の中に飛び込むのに、わずかの時間が出来る。一《いち》か八《ばち》かだ。考えている余裕はない。

次の左からの爪をかわしたところを、獣の脇から腹の下に飛び込んだ。

「えい！」

刀を腹に突き刺した。見事、腹に刀は刺さった。しかし、抜けない。

力いっぱい引いたら。根元からボッキリ、刀が折れた。

無我夢中で右に飛び、とりあえず獣から離れた。安心は出来ない。すぐに次の爪の攻撃が来る。

だが、流石に刀を腹に突き立てられたのは利いたのか、動きが鈍くなった。

刀はない。何か別の得物を探さねば。

あれだ！

駕籠があった。駕籠を担ぐのに通してある丸太。それを手にした。

「どりゃーっ！」

獣の脳天にお見舞いした。

これはたいして効果はなかった。

「うぉーっ」

咆哮を上げて、獣は牙《きば》をむき出して襲ってきた。

獣の爪を丸太で受けた。ところを、ガブリ！

獣の鋭い牙が重太郎の腕に食い込んだ。鮮血がほとばしる。重太郎は思わず丸太を離した。

逃げる重太郎を獣の爪が襲った、その時。

なんと獣は丸太の上に足を乗せ、つるり。仰向けに転倒した。

怪物の腹が見えた。さきほどの折れた刀が刺さったままで、腹が真っ赤に染まっていた。

やはり、腹しか弱点はなかろう。

「どえい！」

重太郎は跳躍し、獣の腹に左の拳《こぶし》を渾身《こんしん》の力でふりおろした。

「ぐぉーっ！」

二発、三発。そのうち、折れた刀がはじき飛ばされて、どす黒い血が噴出した。

ここだ！

重太郎は傷口から腹の中に両腕を突っ込み、腸《はらわた》をかきまわした。

重太郎は血まみれだった。

「うっ、うぉーっ」

断末魔の咆哮を上げて、とうとう獣は息絶えた。

「旦那、やりましたね」

佐吉が走ってきた。

「何がどうなったんだ」

藤兵衛が息を吹き返した。

「助っ人が怪物をやっつけてくれましたよ」

娘が白無垢の袖《そで》をひきちぎり、佐吉に渡した。

「お武家様が怪我を」

「あっ、お武家様」

佐吉が白無垢の袖で、重太郎が獣に噛まれた右腕の止血をした。

「たいした傷ではない」

と言ったが、怪物の牙はかなり深く食い込んだようだ。鋭い痛みが走った。

「こんなところに長居は無用だ」

藤兵衛が言った。

そこへ。

「うぉーっ!」

社殿の裏から咆哮が聞こえた。

まさか!

社殿の裏から、さっきの奴より一まわり大きな獣が現われた。

「もう一匹!!」

藤兵衛と佐吉は、娘を庇いながら退いた。

しかもさっきの獣より大きく、爪も長く鋭い。

獣はツガイだったのか。

重太郎は最初の獣に噛まれた傷の出血で意識が遠のいてきた。

駄目だ。このままでは藤兵衛、佐吉、娘は食い殺される。

重太郎はふらふらと怪物の前に立ち塞がった。

「うおーっ！」

怪物は咆哮を上げると、重太郎に飛び掛かった。

意識がなくなりそうになった重太郎がその場に倒れた。

怪物が重太郎をまたぐ形になった。

重太郎が見ると、なんと目の前に怪物の金《ふぐり》がぶらさがっていた。

さっきのは雌《めす》で、今度のは雄《おす》だ。怪物でも金は弱点……。重太郎は最後の力をふりしぼり、怪物の金に飛びついた。

重太郎は渾身の力で金を潰した。

「ぐわーっ！」

怪物は悶絶《もんぜつ》して倒れた。

「あれに刀が！」

娘が社殿にある飾り刀をさした。

佐吉が走った。飾り刀でも刃はある。

佐吉は飾り刀を手にすると、重太郎のもとへ走った。

「旦那！」

重太郎は残る力で飾り刀を怪物の腹に突きたてた。

そのまま重太郎は意識を失った。

四.

重太郎が目を覚ましたのは、藤兵衛の屋敷の座敷だった。

「どうしたんだ」

重太郎は起き上がれなかった。

腕には包帯が巻いてある。

藤兵衛が入って来た。

「お目覚めですかな」

「わしはどうしていたのだ」

重太郎はまだ意識が朦朧《もうろう》としていた。一匹目は倒した。二匹目はどうした？

ここに生きているということは、倒したのか。誰かに助けられたのか。

「二匹とも、あなたがお一人で仕留めました」

藤兵衛が言った。

重太郎にかすかな記憶が蘇る。

「番頭は？　確か佐吉といった……」

「はい。佐吉も無事でございます」

そうだ。佐吉が刀を渡してくれた。それで怪物にとどめを刺した。

腕の傷は一匹目の怪物に噛まれたのだ。

死闘のあと、重太郎は気を失った。娘の乗った駕籠があった。藤兵衛と佐吉が重太郎を駕籠に乗せて担いで里に降りて来た。すぐに医者を呼び傷の手当てをしたが、重太郎の意識は戻らず三日三晩寝ていたのだという。

「あの怪物は一体なんだったのですか」

重太郎が聞いた。

「村の者で屍骸《しがい》を調べましたが、わかりません。猿のようで猿でない」

「確かに猿のようではありました」

「村の年寄りが言うには、狒々《ひひ》ではないかと」

「狒々とは？」

「さぁ、わかりません」

「佐吉を呼んではいただけませんか」

「ただいま」

藤兵衛が佐吉を連れてやって来た。

「おう、佐吉、お前のおかげで命拾いをしたぞ」

「何を申されます。お武家様のおかげで、命が助かったのは私どもでございます」

「佐吉、お前は何故、国常大明神に来たのだ」

「五年でございます。四人の武芸者にただ酒飲まれて逃げられました。他人が頼れないなら、自分で決着をつけようと。もし、お武家様も逃げてしまっていたら、私と名主様は殺されていました」

「何、あれだけ飲ませてもらって逃げられるほど、わしは図々しくはない」

そう言って重太郎は笑ったが、腕の傷が痛んだ。

「佐吉、お前はどうするのだ。松本に帰って酒屋を続けるのか」

「もう豪傑を探す必要はございません。村に戻ります」

「佐吉には私のところで働いてもらいます」

藤兵衛が言葉をはさんだ。

「時にお武家様、お名前をまだおうかがいしておりませんでした」

「わしか」

薄田重太郎と名乗ろうと思ったが、いや、父、兄、妹の仇を討つのは、岩見の者としてやるべき仕事である。なれば、

「岩見重太郎と申す」

「岩見様、今度のこと、改めて篤くお礼申し上げます」

藤兵衛と佐吉が頭を下げた。

「いや、わしの力ではない。これは国常大明神の加護があってのことだ。名を騙られて、大明神も迷惑していたゆえ、我らに力を貸してくれたのだろう」

「こんなものでは、お礼のうちにはなりませんが」

藤兵衛は、関《せき》の孫六《まごろく》一振り、新しい紋服、金十両を差し出した。

「いや、名主殿、礼は前に、佐吉より酒をたらふく振る舞われておる」

「さもございましょうが、怪物との戦いで、お刀は折れ、お召し物も血まみれ。それでは旅もなりますまい」

藤兵衛が言った。

「金子《きんす》もお受け取りください。酒屋で利き酒のお代わりは、あまりよいものでは

ございません」

佐吉が言うので。

「わかった。ありがたく頂戴しよう」

傷が癒《い》えるまで、と藤兵衛は言ったが、重太郎は一日も早く京へ上り、広瀬軍蔵の行方を捜したかった。京へ行けば、何か手掛かりがあるはずだ。

五日逗留し、重太郎は旅立つことにした。

大町の城下まで、佐吉が送ってくれた。佐吉一人ではなかった。藤兵衛の娘も一緒に大町まで送って来た。

なるほど。佐吉が今回、松本から国常大明神に来たのは、あの娘が生贄になったからか。佐吉は藤兵衛の娘を助けたかった。おそらくそうに違いない。藤兵衛もそれを知って、屋敷で雇うことにしたのではないか。

狒々との戦いのおりでも、臆することなく、冷静でいたのは娘だ。白無垢の袖を破り佐吉に渡し、社殿の飾り刀を見付け、佐吉に届けさせたのも娘だ。うん。あの二人なら、よい夫婦になるに違いない。

「では岩見様、これにて失礼いたします」

「ありがとうございます」

二人に送られ、重太郎は北国路に道をとった。懐に金があるので、好きな時に酒が飲めるし、もう謡をやらずに済むのが何よりだった。

五.

「何か獣《けもの》の毒が体にまわっております。もう手の施《ほどこ》しようがございません」

医者が言った。

重太郎は北国路を西に向かっていたが、どうも体調が優れずにいた。熱っぽく、そのうち足が重くなり、歩くのはおろか、立っているのもままならなくなった。

富山《とやま》の城下に入ったところで、重太郎は往来に倒れ、気を失った。

「どうなさいましたか、お武家様」

駆け寄った男が親切な人で、

「すぐに駕籠を呼んでください」

男の家へ運ぶ。男は巴屋萬兵衛《ともえやまんべえ》という旅籠の主人だった。

すぐに医者を呼んだが、その医者の診断が獣の毒だという。

「獣の毒って、お武家様、何か心当たりがございますか」

萬兵衛が布団に寝かせた重太郎に聞いた。

心当たりはある。大町の国常大明神で、右腕を狒々に噛まれた。その毒が全身にまわったようだ。

どうやら狒々とは相討ちか。このまま、広瀬軍蔵を討つこと叶わず、富山などという北の果てで命尽きるのか。

「旦那様」

そこへ番頭が飛び込んで来た。

「なんだ騒々しい」

「実は、乞食《こじき》のような身なりの爺さんが参りまして、自分は医者であるから、今運ばれて来た病人を診たいと申しております」

「乞食のような身なりの爺さん？」

「はい。なんでもお武家様が倒れた時から、ずっと見ていたそうで、自分なら治せるかもしれないと申しておりますが、とにかく汚い爺さんで、とても医者には見えません」

「医者に見えないのなら、とっとと追い返しなさい」

「いや、待たれよ」

重太郎が萬兵衛に言った。

「わしは狒々の毒でまもなく死ぬ。だが、もし、万が一でも助かる見込みがあるのなら、その医者に診てもらってはいただけないか。わしはここで死ぬわけにはいかんのだ。助かるのなら、頼んでください」

「わかりました。おい、その汚い先生を連れて来なさい」

確かに汚い先生だ。襤褸《ぼろ》のような着物ではない。襤褸を身にまとっていた。

「巴屋殿、すぐに使いの者を栗橋道庵《くりはしどうあん》の屋敷に走らせて欲しい」

医者が重太郎の脈を取ると言った。

「栗橋道庵様と言えば、前田《まえだ》家お抱えのお医者様で、名医と聞こえたお方でございますな」

「わしがその栗橋道庵」

「そんなご冗談を」

「死を前にした病人に冗談など言えるか」

道庵を名乗る医者は、紙に何やら書くと、

「さぁ、ここに書いてある道具を持って来てください。一刻を争うのじゃ」

道庵の屋敷から手術の道具が届けられた。

道庵を名乗る医者は、重太郎が狒々に噛まれた傷口を切開した。

「あとは薬で体の毒を抜く。うまくすれば助かる」

「うまくいかないと？」

「死ぬ」

そら、うまくいけば助かるが、いかなければ死ぬのは、どんな病の治療も同じだ。

「ホントに道庵先生なのですか」

「いかにも」

どう見ても名医には見えない。

「な、なんであんな汚い格好で街中を」

「これはわしの趣味だ」

襤褸を着て歩くのが趣味なのか。実は道庵、城下の貧民窟をまわり、病人の治療を行っていた。医師の身なりで貧民窟へ行くと、高い薬礼を取られると思い、病人が逃げてしまう。そこで襤褸を着て、さりげなく病人を診ては、薬を与えていたのだ。

その帰り道、たまたま重太郎が倒れる現場に行き合わせた。自分が助けようと思う前に、萬兵衛が手を差し伸べた。大丈夫と思ったが、心配でついて来たら、案《あん》の定《じょう》、町医者は匙《さじ》を投げてしまった。どうやら何か毒に当たったようだが、その毒がなんであるかという医者としての好奇心もあり、診察を申し出たというわけだ。

「そうとは知らず、申し訳ございません」

萬兵衛は頭を下げた。

「いや、あなたがここの座敷に運んだおかげで手術が出来たのだ。あそこで私が診ても、手の施しようはなかった」

「お武家様は助かりましょうか」

「五分五分、いや、お武家が助かりたいという思いが強ければ、おそらくは助かるだろう」

道庵の言う通り、重太郎は十日の間、うなされ続けたが、十一日目の朝にはしっかりと意識が戻った。

「食べたいというものがあればなんでも食べて構わぬ」

道庵が言ったので、

「何か食べたいものはございますか」と聞いたら、

「では酒を少々いただきたい」

と重太郎は言った。

「酒など大丈夫ですか」

「少しなら構わぬだろう」

道庵は「少しなら」と言ったが、重太郎は盃を次々に飲み干し、二升は飲んでしまった。

「しょうがないのう。なら、わしも付き合おう」

それから重太郎と道庵は一晩中飲み明かした。

「おぬしの傷は狒々の毒であったか」

「左様。狒々に嚙まれました」

「狒々の毒はわしもはじめてだった」

「先生、狒々とは一体なんでございますか」

「うん、狒々とはな……」

「狒々とは？」

「わしもよくわからん」

前田家に知られた名医も狒々を見たことはないと言う。

「時に岩見殿、わしはそなたの命を救った」

「かたじけのうございます」

「そこでだ。薬礼をいただきたいのだが」

道庵は貧民窟で、貧乏人を無料で診察している。一方、前田家のお抱え医師で、前田家から扶持《ふち》をもらい、城下の金持ちも見舞い、相応の薬礼を取っている。だが、貧乏人に配る薬は結構な金額で、前田家の扶持や金持ちの薬礼で賄《まかな》っているが、それでも足りない。

「わかりました」

藤兵衛からもらった金はほぼ手付かずだった。重太郎は小判を紙に包んで渡した。

「この金も欲しいが、私は別の薬礼をいただきたいのだ」

道庵は言った。

「と申されますと？」

「狒々を退治された岩見殿なればこそのお頼み、どうか聞いていただきたい」

六.

道庵の兄、黒川弥惣次《くろかわやそうじ》は、富山の城下から東へ五里、黒川村に住む郷士だ。

今から一年前、弥惣次の娘、千代《ちよ》が病になったというので、道庵が見舞うが、名医の道庵でも千代の病がわからない。

千代はどんどん痩せ細り、血の気がなくなっている。遠からず亡くなるであろう。この時代、わからない病はたくさんあった。

「千代のことは諦めるより仕方がない」

道庵は弥惣次に因果《いんが》を含めた。

折角黒川村まで来たのだからと、村の病人を見舞うことにした。

すると一人の老人が、

「黒川様のお嬢様の病は小杉山《こすぎやま》に住む妖怪《ようかい》の仕業でございます」と言う。

「なんだその妖怪とは」

「昔から伝わる話で。妖怪が年頃の娘の生き血を吸いに来るのでございます」

そんな馬鹿な、と思ったが。

「兄上、四、五日の間、屈強な家来、五、六人で、千代の部屋を見張らせていただけませんか」

「それが何になるのだ」

「とにかくお願いいたします」

こうして、四、五日、武士たちに千代の部屋を見張らせていると、千代の容態が次第によくなってきた。血色もよくなり、食べ物が喉を通るようになった。

やはり、妖怪の仕業か。武士たちに警護させているので近付けないから、千代の容態もよくなったのだ。

「道庵、千代がよくなったのはよいが、毎夜、見張りをさせては、あの者たちが他の仕事が出来なくなる」

「いや、兄上、実は千代の病は小杉山の妖怪の仕業でございます」

「よし、なれば妖怪を退治してくれる」

弥惣次は三十人の家来を率いて小杉山に行ったが、妖怪はいなかった。

「どうやら逃げたようだ」

そうこうするうちに、千代は回復したので、道庵は富山へ戻った。

「それがつい先日、兄から手紙が参りまして、また千代が病にかかったと」

「なるほど。逃げた妖怪が舞い戻った」

「はい。ふたたび武士たちに千代の部屋を見張らせたのですが、今度はどうしたわけか、千代の病が一向によくならないそうでございます」

「その妖怪をわしに退治してくれと申すのだな」

「お頼みいたす、岩見殿。某、病人は治せても、妖怪退治には無縁でございます」

「わかりました。命の薬礼は命でお返しいたす。必ずや、妖怪を退治して、千代殿をお助けいたそう」


重太郎と道庵は黒川村へ行った。

夕刻、屈強な武士が五人、千代の部屋の前を固めた。

これでは妖怪も近付けまい。

重太郎も道庵も安心して、その夜は寝た。真夜中過ぎ、重太郎は厠《かわや》に起きた。気になって千代の部屋を見回ると、

「なんとしたことだ！」

見張りの武士たちは、立ったまま寝ているではないか。

「おい、貴様ら、起きろ！」

「あっ、どうしたのだ」

「うん、何かあったか」

武士たちは寝ていたことにも気付いていない。いや、自分はちょっとだけうたた寝をしたが、他の者は大丈夫だろうと思っていたようだ。

騒ぎを聞いて、道庵や、弥惣次が駆けつけた。

「たわけが、一体何をやっておる」

弥惣次が怒鳴った。

「黒川殿、彼らを責めてはなりません」

重太郎が言った。

「妖怪は何か術を用いて、彼らを眠らせたようだ」

「術とな？」

道庵が言った。

「うん。聞いたことがある。人を眠らせたり、思い通り動かしたりする、催眠《さいみん》という術があると」

「おそらく妖怪は、一年前に他所《よそ》の土地に逃げ、その術を得てまた黒川村に戻って来たのでしょう」

「いかがいたしますか、岩見殿」

「明日の夜、妖怪はまた来るでしょうから。その時に仕留めます」


話は少し前後する。

千代がふたたび病に倒れた時、これはまたしても妖怪の仕業ではないかと思った道庵は、この話を前田家の剣術指南役、鞍馬八《くらまはち》流の達人、杉野辺角左衛門《すぎのべかくざえもん》に相談していた。

「道庵殿、医者のそなたが、娘の病の原因が妖怪の仕業と言われるか」

「いかにも。ですから、杉野辺《はんた》様に妖怪退治をお願いしたい」

「妖怪退治など、今は御用繁多。そのような世迷言《よまいごと》に付き合ってられるか」

と、とりつく島もなかった。

そんなこともあって、道庵は重太郎に妖怪退治を頼もうと思ったのだ。

一方の杉野辺角左衛門も、名医の道庵の言うことだから、なんとなく気にはなっていた。しばらくして、道庵が巴屋に逗留していた旅武芸者と、妖怪退治に黒川村に行ったという話を聞いた。

おいおい、他所者の旅武芸者に妖怪を退治されては、前田家の名誉、いや、鞍馬八流の名に傷がつく。これはなんとかせねばなるまい。

「おい、誰かいるか！」

「はっ」

角左衛門には、角太郎《かくたろう》、角次郎《かくじろう》、虎之助《とらのすけ》という三人の息子がいた。

「よし、お前たちの中の誰か、黒川村に妖怪退治に行って来い。角太郎、お前が行け」

「えっ、妖怪退治ですか？」

角太郎、武芸の腕はなかなかなれど、妖怪や幽霊といったこの世のものでないモノが大の苦手だった。

「痛い痛い痛い。父上、私はお腹《なか》が痛い」

「なんだそのわざとらしい仮病は。行きたくないなら構わぬ。角次郎、お前が参れ」

次男の角次郎と言えば、こやつも武芸の腕はまんざらではないが、富山の城下で生まれ育った、黒川村なんていう田舎には行ったことがない。泥道を歩くのが嫌なものだから、

「痛い痛い痛い。父上、私は頭が痛い」

「お前たちにはもう頼まん！」

とうとう角左衛門は怒り出した。

「虎之助、お前はどこが痛い？」

「私はどこも痛くはありません」

虎之助は、まだ十二歳。いくらなんでも十二歳の子供を妖怪退治には行かせられない。かくなる上は、角左衛門自らが黒川村へ出向こうと思った。

「父上、ここは私、虎之助に任せていただきたいと思います」

「お前で大丈夫か」

「相手は妖怪、勝てるか否《いな》かはわかりません。だが、万一私が討ち漏らしても兄上たちが仇を取ってくれます。安心して参ります」

角左衛門は驚いた。おじけて仮病を使って妖怪退治に行かない兄たちへも気遣

いを見せる十二歳。よし、ここは虎之助に任せてみよう。

「虎之助、敵《かな》わぬと思ったら逃げて来い。よいな」

父の言えることは、それだけだ。

七.

虎之助が黒川村に着いたのは、真夜中過ぎだった。

村の真ん中に大きな屋敷がある。おそらくあそこが、黒川弥惣次の屋敷だ。

そっと入ると。

あららら。

屈強の武士が五人、庭先で立ったまま寝ていた。

よくも立ったまま、寝られるものだ、と虎之助は思った。

武士を起こそうとしたところへ、一人の若者がそっと庭に入って来た。

あれはなんだ?

武士でも百姓でもない。真っ白な着物の色の白い、役者のような若者だった。

「お前は誰だ」

虎之助が声を掛けると、若者は驚いて「ギャッ」と叫んだ。

叫んだと同時に、若者の口が裂け、牙が剝《む》き出しになった。

目は黄色く、吊り上がって、爛々《らんらん》と輝いている。耳もスーッと伸びた。

「お前が妖怪か」

虎之助が言うより早く、妖怪は虎之助に飛び掛かった。

鋭い爪が手の先から、ニュウッと伸び、間一髪、少年の喉元をかすめた。

いきなり飛び掛かられて、十二歳の少年はなすすべもなかった。ただ必死で、妖怪の爪や牙をよけた。

その時、

「ギャッ！」

突然、妖怪が叫ぶと、後へ退った。

重太郎が現われて、鉄扇を妖怪に投げつけたのだ。

重太郎と道庵は、妖怪の術にかからないように、離れたところで様子をうかがっていた。妖怪が妖しい気を吐き、武士たちを眠らせるところから、ずっと見ていた。

妖怪は、重太郎をキッと睨んだ。藤兵衛よりもらった関の孫六をはじめて抜いた。

「ぐぉーっ」

飛び掛かって来た妖怪をよけ、上段から一撃、妖怪の右腕を斬り落とした。

流石だ。関の孫六はよく斬れた。

「ギャーッ」と叫ぶと、若者の体から、真っ白な尖《とが》った毛が生えた。どこに隠していたのか尾も生えた。

「尻尾を出しましたぞ」

道庵が言った。

黄色かった妖怪の目の輝きが真っ赤に変わった。

「気をつけられよ。奴は毒を吐くぞ」

道庵が言った。

近付けば、奴の毒気にやられるのか。

重太郎が二、三歩退くと、そこに妖怪の長い尾が鞭《むち》のようにしなり、襲ってきた。

重太郎は二度三度と攻撃してくる尾をよけて、妖怪の隙をうかがった。だか、距離があり過ぎて踏み込むことが出来ない。近付けば毒を吐く。ひるめば妖怪は逃げてしまう。

同じように妖怪の隙をうかがっていた者がいた。虎之助だ。重太郎に攻撃をする妖怪は左右がまったくの隙だった。虎之助は脇差《わきざし》を抜くと、

「えい！」

妖怪の懐に飛び込み、腹に脇差を突き立てた。

「ぐぉーっ」

妖怪は断末魔の叫び声を上げ、その場に倒れた。


「あなたは虎之助殿ではないか」

「道庵殿、この少年をご存じか」

「ご存じも何も」

道庵は虎之助が前田家剣術指南役、杉野辺角左衛門の三男、虎之助であると告げた。

騒ぎを聞いて、弥惣次も出て来た。

「黒川殿、娘御に取り憑《つ》いていた妖怪を倒したのは、虎之助殿にございます」

重太郎は言った。

妖怪は虎之助の脇差で腹を割かれて死んでいた。

「これはなんだ」

「私の見たところ、鼬《いたち》ではないかと」

道庵は言った。

鼬の妖怪が娘に取り憑いていたのだ。

「おぬしが退治してくれたのか、礼を申す」

弥惣次が言った。

「いいえ。私の力ではとてもではないが妖怪は倒せませんでした。己の腕の未熟さを知りましてございます」

虎之助は少し悔しそうに言った。

「いや、妖怪にとどめを刺したのは、虎之助殿である。流石は鞍馬八流」

「あなた様は？」

「岩見重太郎と申す」

「岩見重太郎様、もしや筑前名島、戸田流の岩見重左衛門先生の？」

「父をご存じか」

「是非、機会があれば手ほどきをと思っておりましたが、奸計にかかり、種子島で落命なされたとか」

「それもご存じであったか」

「仇は、広瀬軍蔵という者だと聞いております。もしも北国路に広瀬が来たら、私が討ち取ってやろうと思っておりました」

「それは駄目だ」

重太郎は若者をたしなめるように言った。

「広瀬軍蔵は、我が父、兄、妹の仇。わしが討たねばならぬので、ご遠慮願いたい。もしも、広瀬が北国路に来た時は、手出しをせず、どうかわしのところに知らせて欲しい」

「かしこまりました」

虎之助は頭を下げた。

「虎之助殿が妖怪を仕留めた。杉野辺角左衛門殿も鼻が高いだろう。なんにせよ、あっぱれだ」

道庵が言った。

これで黒川村の事件は解決した。

「虎之助殿、わしでよければ父に代わり、戸田流の奥儀をお教えいたそう」

「ホントでございますか」

見所のある若者には、父が極めし武術を伝えてゆくのも、残された重太郎の役目と思い、重太郎はしばし富山に逗留し、虎之助に兄、重蔵より習った戸田流の奥儀を教えた。

やがて、重太郎は旅立つ。

「岩見様、道中お気をつけて」

虎之助は重太郎との別れを惜しんだ。

この虎之助、のちに縁あって豊臣秀頼に仕えることとなり、杉野辺将監《しょうけん》を名乗る。大野修理亮《おおのしゅうりのすけ》、木村長門守《きむらながとのかみ》、渡辺糺《わたなべただす》で、秀頼の四天王の一人に数えられ、重太郎とともに大坂の陣で徳川と戦うことになるのである。

重太郎は富山をあとに、加賀《かが》、越前《えちぜん》と北国路を旅し、江州《ごうしゅう》長浜から船で琵琶湖を渡ろうと思った。これで明日には京に着くことが出来る。

長浜で、茶店に入った重太郎、久々に酒の味が恋しくなった。

「妖怪退治をしたのだから受け取れぬ」と言った道庵にも無理矢理に金を渡し

た。道庵の金は富山の貧しい人たちの薬になる。重太郎の酒になるよりは世の役に立つ。

そんなわけで路銀を節約して旅して来たので、富山を出てからは酒を飲んでいなかった。

「親父、酒だ」

「はい。ただいま」

茶碗酒をキュッと一杯やったら、どうしてももう一杯飲みたくなる。二杯、三杯飲むうちに、

「船が出るぞーっ」

「船が出る？　勝手に出ればよかろう。わしは今一杯飲んでから参ろう」

暢気《のんき》に一升近く飲んだ。

飲みながら思うに、長浜の城下のはずれに、村松平左衛門《むらまつへいざえもん》という名主がいたことを思い出した。武者修行の旅の途中で世話になったが、平左衛門の息子の平三郎《へいざぶろう》が武芸道楽、重太郎は平三郎に剣の手ほどきをした。なかなか筋のいい若者だった。よし、久々に平三郎を訪ねてみるか。

重太郎は長浜城下に向かって歩き出した。少し行くと、五、六人の若者が一心

不乱に走って来る。中の一人に、訪ねる相手の平三郎がいた。

「おう、よいところで会った。平三郎」

と声を掛けたら、

「先生、お懐かしい。だが、今はそれどころではございません。御免」

と行こうとする。

おいおい、武芸の師が訪ねて来たのに、それどころではないとは、どういうことだ。

平三郎と若者たちはどんどん走っていくから、しょうがない。重太郎も尻をはしょって、一緒に走る。走りながら、

「何事だ」

と聞くと、

「ええ。今しがた、長浜の港を出て、大津《おおつ》まで行く船が転覆したのでございます」

「なんだと！」

その船こそ、重太郎が酒を飲んでいて、乗るのが面倒臭くなって、見送った船だ。

「どうなったのだ」

「まだ、よくわかりませんが、大勢溺《おぼ》れ死んだとか」

あのまま船に乗っていたら、重太郎も溺れ死んだかもしれない。よく酒で命を縮める奴はいるが、重太郎は酒で命拾いをしたわけだ。

「助けられて、息のある者もいるとかで、私たちも助けに参るのでございます」

「わかった。ならば、わしも手伝う」


浜辺に行くと、大勢の骸が並んでいた。中には生きている者もいたので、怪我をしている者を手当てして歩く。

「おい、大丈夫か」

今、怪我人を助けている自分が、もしかしたら助けられていたかもしれない。人の運命はわからない、と重太郎はしみじみ思った。


「先生、おかげで助かりました」

自力で歩ける者は歩いて、歩けない者は戸板に乗せて、城下まで運んだ。

「先生、どうぞ我が家へお寄りください」

言われずとも寄るわ。ぼちぼち日も暮れかかっていた。
こうして重太郎は平三郎と村松の屋敷へ行き、しばし逗留することになった。
いつものことながら、屋敷で酒盛りとなった。

第四章　山賊退治

一

水を飲んで溺れかけて助けられた者の中に、植松藤左衛門《うえまつとうざえもん》という武芸者がいた。

船で大津へ行き、京の親類のところへ行くところだったというので、武芸者同士、何かの縁だと、重太郎は藤左衛門を平三郎の屋敷へ連れて行った。

植松藤左衛門、なかなか腕も立つ。律儀《りちぎ》そうな男で、ただ厄介《やっかい》になってはかたじけないと、薪《まき》割りをしたりもするから、平三郎の屋敷の奉公人にも評判がいい。

武芸道楽の平三郎にも、丁寧に稽古をしてくれるので、重太郎はやることがない。

「長浜は旅人も行き来いたします。仇《かたき》の行方を知る者も通るやもしれません。しばらく逗留《とうりゅう》なされてはいかがでしょう」

平三郎の父、平左衛門が言うので、確かに、広瀬軍蔵が京に行ったというのは、塩巻平蔵を名乗っていた成瀬権蔵が言っただけ。何の証拠があるわけでなし、ならば交通の要所でもある長浜にいたほうが、何か手掛かりが掴めるかもしれない。

そんなわけで、重太郎と藤左衛門は村松の屋敷に厄介になった。平左衛門の奉公人が長浜の城下に行き、広瀬軍蔵の情報を探ってくれたが、やはり行方は知れなかった。

やはり、京へ行くべきかもしれない。そろそろ旅立とうと思っていたある日。

「若旦那様、どうされました」

「若旦那様、大丈夫でございますか」

屋敷の奉公人たちが騒いでいるので、重太郎と藤左衛門が庭に出ると。

村人に抱えられて、平三郎が戻って来たところ。見れば額《ひたい》から血を流している。

「どうしたのだ、平三郎」

「これはただごとではございませんぞ。とにかく傷の手当てを」

藤左衛門が言うのを。

「すぐに道場に戻ります。おい、誰か、刀を持って参れ」

平三郎が怒鳴った。刀を持って来いとは尋常ではない。

「おい、刀を持ってくるな」

重太郎が奉公人に言った。

「平三郎、落ち着け。まずは傷の手当てだ。それから話を聞かせろ」

「そんな暇はございません」

言う平三郎。

「たわけめ」

重太郎は平三郎の頰を平手で殴った。

平三郎はその場に崩れてワッと泣いた。

「植松殿、焼酎《しょうちゅう》を頼む」

「承知」

藤左衛門が焼酎の徳利《とつくり》を持って来たので、重太郎は布に焼酎を浸《ひた》して、平三郎の額の傷に当てた。

「さぁ、手当ては終わりだ。早く何があったのかを話せ」

平三郎は近所にある一刀流の剣客、伊藤亘《いとうわたる》の道場に通っていた。伊藤師範はさほどに腕が立つわけではないが、きちんと修行をした剣客なので、郷士や武芸好きの百姓に剣法を教えるには、いい師範であった。

弟子も平三郎のような百姓や、土地の郷士の息子もいたが、教え方がうまいことが評判となり、長浜城下から通って来る士分の子弟もいた。

その伊藤道場に、六人の武芸者が訪ねて来て、他流試合を申し込んだ。伊藤師範が留守だったため、平三郎が相手をした。

相手は武芸者で、田舎剣法の武芸道楽の平三郎が負けるのは仕方がない。面をしたたかに打たれたのだが、その時の傷がこれである。

武芸者たちは、

「長浜城下で評判を聞いて参ったが、弟子は弱いし、先生は不在というのは、おそらく我らを恐れて逃げ出したのであろう。明日また参る。弟子の仇がとりたくば、伊藤師範にはおいで願うよう、くれぐれもよろしく」と帰って行った。

「私が弱いのは仕方がない。だが伊藤先生を愚弄されては許せん。今度は真剣で、今一度勝負を」

「たわけが」

重太郎は一喝した。

「真剣なら勝てるのか。斬られて死んだら父上が悲しむ」

「しかし……」

平三郎は悔し涙を流した。

重太郎が聞いた。

「平三郎、おぬし、木剣で試合をしたのか?」

「いいえ、竹刀《しない》で立ち合いました」

「竹刀で立ち合って、こんな傷になるわけがない。のう、植松殿」

重太郎が藤左衛門に言うと、

「いや、あの、その、それは……」

藤左衛門はしどろもどろになっていた。

「いかがいたした、植松殿!」

重太郎が一喝《いっかつ》すると、藤左衛門は両手をついて、頭を下げた。

「申し訳ござらぬ」

「何故おぬしが詫びるのだ」

「その道場破りの武芸者は、某《それがし》の仲間なのでございます」

「何？　道場破りが仲間だと？」

「はい」

「どういうことか説明いたせ」


藤左衛門の話はざっとこうだ。

六人組の武芸者は、頭が赤星一角斎《あかぼしいっかくさい》、他に、斎藤三右衛門《さいとうさんえもん》、高橋仙蔵《たかはしせんぞう》、別所庄兵衛《べっしょしょうべえ》、大和蔵人《やまとくらんど》、相模厳海《さがみげんかい》。藤左衛門も誘われて仲間になった。一角斎以下、皆、腕に覚えはある。評判のいい道場を見つけて他流試合を申し込む。道場主と試合をし、腕を見せて、教授料と称する草鞋銭にありつこうというのではない。道場主を叩きのめし、看板をもらって行くと脅して、高額の金をせしめようという悪党。

しかも一角斎の竹刀には銅が仕込んであり、一本取られた道場主はかなりの傷を負う。

「それで平三郎はあんな傷を負ったのか」

銅の棒で殴られたのだ。それなりの傷を受けるだろう。

「だが、世間の道場には強い武芸者もあまたいる。銅が仕込まれた竹刀など、すぐに見抜かれるはず」

「だから、七人で徒党を組んでいるのでございます」

「何？」

「七人がかりなら、どんな武芸者でも太刀打ち出来ません」

そうして道場主を倒せば、七人で暴れるだけ暴れる。道場主の家族を脅して金を出させる。道場破りではない、強盗だ。

「おぬしはその仲間だったのか？」

「知らずに誘われるまま仲間になったが、一角斎の非道に嫌気がさして、逃げ出し、追われるのを避けて船に乗ったところ、あのような目に」

そこへ伊藤亘が門弟たちとやって来た。

「伊藤道場師範、伊藤亘にござる。平三郎が怪我をしたと聞き、急ぎ参った」

「伊藤師範でござるか。某は岩見重太郎と申す」

「そこもとが岩見殿、いや、平三郎から話は聞いております」

「伊藤師範、明日、道場破りどもと立ち合うおつもりか」

「某も武芸者なれば、堂々と立ち合い、平三郎の仇を取ります」

「おやめなさい。尋常な勝負なら止めませんが、今、植松殿から聞いた話では、奴らは卑怯《ひきょう》な手を使う無頼《ぶらい》の徒」

「しかし、立ち合わねば、伊藤道場の名誉に関わる」

「奴らはそれが狙い。ですから、伊藤先生は出られぬがよい。明日は某が師範代として、奴らと立ち合いましょう」


翌日、一角斎ら六人が伊藤道場にやって来た。

「伊藤先生はご不在である」

門弟が言った。

「我らを恐れて、お逃げなされたか」

一角斎と思われる髭の大男が言った。

「逃げたとあらば、すなわち負け。看板はもらってゆくが、よろしいか」

「なりませぬ」

「なれば、おぬしが我らの相手をいたすか」

大きな目をむいて睨んだので、若い門弟は腰を抜かした。

「先生はご不在ですが、師範代がおります。師範代とお立ち合いを」

「師範代？」

一角斎は五人に目配せをした。

伊藤師範は昨日の一角斎たちのことを門弟から聞き、どこかの強い武芸者を用心棒に雇ったようだ。いくら強くても、七人……、藤左衛門が逃げたので六人だが、六人なら負けはしない。

「では師範代殿にお手合わせ願おう」

六人はずかずかと道場に上がって来た。

すでに重太郎が襷《たすき》を掛けて、竹刀を手に待っていた。

「おぬしが師範代殿か」

「伊藤道場師範代、岩見重太郎と申す」

「伊藤殿が不在でおぬしが代わりに立ち合うと言うなら、おぬしが負ければ道場の看板をいただくが構わぬか」

そう言えば責任重大だから、相手がひるむと思って言っているのだ。ところが重太郎、ひとつも動じず。

「承知」と言ったから、一角斎らがあわてた。

「では参る」

高橋仙蔵が銅の仕込んである竹刀を手に前に進んだ。

「あー、待たれよ」

重太郎が言った。

「手前、御用繁多、方々一人一人と試合をいたす時間がござらぬ。六人一度にかかって参れ」

これには奥の部屋で聞いていた、藤左衛門と伊藤師範が驚いた。

藤左衛門は、一角斎らが、一人負けたら、六人で一斉に来ることを知っていたから、そうなったら重太郎を加勢しようと控えていたのだ。それを最初から六人で来いとは、どういうことだ。

一角斎らも、高橋が負けたら全員で打ち掛かるつもりだった。最初から「六人で来い」って、こいつは馬鹿か、と思ったが、来いと言うなら行ってやろう。六人全員が、銅の仕込んだ竹刀を手にした。

「参る」

と高橋が言う次の瞬間、重太郎の突きが高橋の喉《のど》をとらえた。そのまま跳躍、五人の後にまわると、たちどころに別所、大和を打ち倒した。

五人の中でもかなり腕の立つ斎藤が竹刀をふりおろしたのを、右に左にかわすと、斎藤の脇をすりぬけ、斎藤の後ろで中段に構えていた相模に小手の一撃。相模は竹刀を落とした。ふり返りざま、上段から打ちかかる斎藤の胴に一撃くれると、重太郎は自分の竹刀を捨てて、相模が落とした竹刀を拾った。

たちどころに五人を倒され、しかも重太郎の手には銅の仕込んである竹刀がある。

「待て。今日のところは引き揚げる。伊藤殿によろしく伝えてくれ」

一角斎は言ったが、

「勝負はまだだ」

重太郎は言うと、一角斎の面に一撃を食らわせた。平三郎の傷と同じところだ。

「ギャーッ」

一角斎は頭から血を流した。

「おのれ……」

竹刀を持ち直したが、目の前には寸分の隙なく竹刀を構える重太郎がいた。

「覚えていろ」

それだけ言うと、一角斎は、斎藤、相模、別所、大和、高橋を連れて逃げて行った。

二

それからさらに数日、重太郎は平左衛門の屋敷に逗留した。平三郎の傷も癒えたようで、重太郎は京へ向かった。京までは藤左衛門と一緒に行き、三条大橋で別れた。

京の盛り場を歩いたが、広瀬軍蔵の手掛かりは見付からなかった。伏見《ふしみ》には太閤秀吉の城がある。大名たちが集まっているから、軍蔵がどこかに仕官をしようと思っているなら、伏見に行けば手掛かりが掴めるかもしれない。

明日は伏見に行こうと思っていたところへ、旅籠に訪ねて来たのは、藤左衛門だった。

「おう、植松殿、一体どうなされたのだ」

「実は、お知らせしたいことがあって参った」

藤左衛門が清水寺《きよみずでら》に参った時に、なんと一角斎ら六人と遭《あ》ってしまったというのだ。

一角斎に問い詰められ、自分も長浜の平左衛門の屋敷にいたこと、岩見重太郎が京の旅籠にいることを話してしまったのだという。

「あいつらは岩見殿を恨んで仕返しをしようと思っているので、ご油断なされるな」

それだけ言うと、藤左衛門は帰って行った。


しばらくして、一角斎の仲間、高橋仙蔵と別所庄兵衛が訪ねて来た。

「何用でござる」

重太郎が聞くに、

「我らは伊藤道場であなたに敗れ、つくづく自分たちの未熟を知りました。そこで、これまでの悪事を悔《く》い、これからはまっとうな武芸者として生きてゆくことにいたしました。それもこれも岩見殿のおかげ。そこで一角斎はじめ六人、貴殿にお詫びとお礼に一献差し上げたく存じます」

かつてお詫びと呼ばれ、野村金八や大谷三平らに酒を振る舞われた。ために十八人の同胞を斬らねばならなくなった。あの夜の掛川堤が頭に浮かんだ。

もうあんなことはこりごりなのに。

こやつらはまた、酒を飲ませて闇討ちなどということを考えているのか。

「某、仇の広瀬軍蔵なる者を捜しての旅、お誘いは嬉しいがご遠慮いたそう」

「そうそう、その広瀬軍蔵でござる」

高橋が言った。

「手前どもの仲間、大和蔵人が、美濃国で会ったそうで」

嘘に決まっている。だが、万が一にもホントかもしれない。

「では、大和殿に話をうかがいに参る。それでよろしいな」


高橋と別所は重太郎を祇園《ぎおん》の料理屋の離れ座敷に連れて行った。

座敷には一角斎と大和、相模の三人がいた。

「伊藤道場ではまことに申し訳なかった」

一角斎らは頭を下げた。

「いや、もうそのことはよい。大和殿に、広瀬軍蔵の行方をうかがいたい」

言われた大和はきょとんとしている。高橋の嘘であった。

「勘弁して欲しい」

一角斎が言った。

「我らはただ、岩見殿と仲直りがしたい。それだけなのだ。だから、一献、盃《さかずき》を受けていただきたい」

一角斎は重太郎に盃をとらせると、徳利から酒をなみなみ注いだ。

「さぁ、飲まれよ」

一角斎は言った。

重太郎、京までの道中は、藤左衛門と飲みながら来たが、京に着いてからは広瀬軍蔵を捜すことが第一で、酒は飲んでいなかった。

酒の匂いが鼻に香る。たまらない匂いだ。一杯くらいなら飲んでもいいか。

その時、藤左衛門の言葉が頭に浮かんだ。

「ご油断なされるな」

そうだ。一角斎は竹刀に銅を仕込むような卑怯な真似をいくらもしてきた。

ただ酒に酔ったところを襲おうなどということではなかろう。

おそらく酒にはしびれ薬が入っているに違いない。

「疑うわけではござらぬが」

重太郎は言った。

「父、重左衛門、兄、重蔵は悪人の奸計で命を落とした。疑うわけではないが、何かと用心深くなるもので、もしやこの酒にしびれ薬が入っていたら」

「いやいや、そんなものは入ってはおらぬ。何をおっしゃる。某を信用してもらいたい」

一番信用ならぬ奴に「信用して欲しい」と言われて、信用など出来ない。ますます怪しい。

「もちろん入ってはおらぬであろう」

重太郎は慇懃《いんぎん》に言った。

「入ってはおらぬが、入ってはおらぬのなら、そうだ、一角斎殿、貴殿が一口飲んでくだされ。さすれば某、安心して飲める」

「そんな、お疑いか」

「いや、しびれ薬の入っている酒を貴殿に飲めとは申さん。入っていないのだから、貴殿は飲めるでしょう。ささ、まず飲まれよ。貴殿が一口飲めば、某も飲もう」

「いや、それは……」

一角斎は口ごもった。やはり思った通り、しびれ薬が入っているのだ。

「飲まねば、帰る。いかがでござる！」

重太郎は睨《にら》んだ。

「大丈夫でござる。酒でござる」

一角斎は飲まないわけにはゆかなくなった。

「某、酒はいたって不調法……」

「一角斎殿！」

重太郎に一喝され、一角斎は盃を手にした。ぶるぶる震えながら、口に運んだ。

一口飲むと、もの凄《すご》い効き目である。一角斎はよだれを垂らして、その場に倒れた。

「こ、これは何かの間違いでござる」

高橋が叫ぶと、四人はあわてて部屋を逃げ出した。

一角斎の仲間は六人だ。一角斎はのびてしまい、四人は逃げた。あと一人、斎藤三右衛門がいた。

斎藤はかなりの修行を積んだ剣客《けんかく》で、暗殺剣を会得していた。つまり殺気を殺して相手に近付き、一瞬で刺殺する技である。

斎藤は殺気を消して、隣室に隠れていた。しびれ薬作戦が失敗した時、重太郎が帰ろうとしたところに飛び込んで刺殺するつもりだった。

一角斎を見捨てて四人は逃げた。薄情な奴らだ。所詮《しょせん》、悪党などとはそんなものだ、よだれを垂らして倒れている一角斎を見て、重太郎は思った。広瀬軍蔵も保身のため、大川八左衛門、成瀬権蔵、小谷鉄蔵を捨てて逃げたのだ。悪事を働き、仲間にも見捨てられる。思えば、哀れなものよ。

重太郎は帰ろうと廊下に出た。

斎藤の刀が重太郎を狙った。今だ！

その時！　襖《ふすま》を破り、刀を構えたまま、斎藤はばったりと倒れた。

どうしたのだ！　唖然《あぜん》とする重太郎。

斎藤の後ろには血刀を提げた藤左衛門がいた。

「岩見殿、命を助けられたご恩をお返しせねば」

かつて一角斎の仲間だった藤左衛門は斎藤三右衛門が暗殺剣を使うことを知っていたのだ。重太郎の身を案じ、尾行して来たというわけだ。

「植松殿のおかげで命拾いをいたした」

重太郎は笑った。

「お役に立てて何より」

思えは、長浜の港で、酒を飲んで船を見送ったのが、ことのはじまりだった。

「岩見殿、某は東へ参ります。広瀬軍蔵と別れた仲間は、まだ関東にいるやもしれません。何かわかりましたら、お知らせいたします」

「かたじけない」

藤左衛門には、何かわかれば伏見の小早川の屋敷へ知らせて欲しいと頼んだ。

重太郎には、広瀬軍蔵が京の周辺にいるような気がしてならなかった。

三.

明け方近く、赤星一角斎は料亭の一室で目を覚ました。

「気付かれましたか、一角斎殿」

高橋、別所、大和、相模の四人がいて、斎藤の骸《むくろ》があった。

「どうしたのだ?」

「一角斎殿が倒れ、我らだけで必死に岩見重太郎と戦ったのですが、逃げられました」

「その折、斎藤殿が」

高橋は泣いた。

「おのれ、斎藤を斬って逃げたのか」

「左様で」

「許せん」

許せんと言ったものの、五人で戦っても、とてもじゃないが岩見重太郎には勝てない。

うっかりすれば斎藤三右衛門の二の舞で命を失う。もう岩見に構うのはよそう。だが、腹の虫は治まらない。

ことのおこりは、長浜の百姓、村松平左衛門の屋敷に重太郎が逗留していたことだ。悪いのは平左衛門と、伊藤道場の伊藤亘だ。あの二人を叩きのめして、金を奪ってくれよう。

「おい、お前たち、すぐに長浜へ参ろう」

「長浜へ？」

「村松平左衛門と伊藤亘を懲らしてくれん。岩見さえいなければ、奴らなど、どうということはないからな」

「斎藤の骸はどうする？」

「そんなもの打ち捨てておけ」

酷《ひど》い奴らだ。

可哀想《かわいそう》なのは料理屋。翌朝、見たら、隣の部屋が血まみれで、骸が転がっている。

しかも一角斎一味は銭も払わず去ったあとだった。


一角斎らは長浜に着くなり、村松の屋敷に乗り込んだ。

「なんだ、貴様らは？」

出て来た平左衛門に、

「京で岩見重太郎と酒を飲んだが、奴は勘定を払わず逃げた。そこで村松殿に立て替えた銭を払っていただこうと思い参った」

と言い放つ一角斎。

「嘘を並べおって。貴様らに払う銭などない」

「払わぬとあれば仕方がない」

一角斎は刀を抜き、一刀で平左衛門を斬り捨てた。

「お父つぁん！」

平三郎が出て来た。

「父上に何をした！」

「銭を払わぬ、泥棒百姓ゆえ斬り捨てた。文句はあるか！」

「貴様ら、許せん」

平三郎も抜刀した。

田舎《いなか》剣法でも多少は武術の心得のある平三郎が抜刀したので、一角斎らも身構えた。

「誰かと思えば、伊藤道場の小僧か。伊藤にも挨拶に行くが、その前に貴様を血祭りだ」

一角斎が刀を構えると、
十人以上の奉公人が、鋤鍬《すきくわ》を手に平三郎の後ろに集まって来た。若旦那の武芸道楽に付き合い、奉公人たちも多少の武芸は使えた。しかも十人以上いる。

一人の奉公人が櫓《やぐら》に登って半鐘を叩いた。

村の連中が集まって来る。斬り伏せて逃げてもよいが、百姓とは言え何十人も斬れば、役人が出張って来る。

「覚えておれ」

一角斎らは逃げた。

「お父つぁん！」

平三郎が平左衛門に駆け寄った。平左衛門は即死だった。

「おのれ、お父つぁんの仇！」

平三郎が追おうとするところへ伊藤亘が門弟たちと現われた。

「待て、平三郎」

「先生、お父つぁんが、一角斎に」

平三郎は泣き崩れた。

「お前が行っても返り討ちだ。今度のことは、岩見殿に任せて奴らと立ち合わなかった私に責任がある。私が奴らを叩きのめしていたら、こんな真似はしなかったはずだ。平三郎、平左衛門殿の仇は私が討つ」

「先生が行かれるなら、私を供に」

平三郎の眼差《まなざ》しを見れば、伊藤師範も否とは言えなかった。

「よし。すぐに後を追おう」

そこへ、馬のいななきが聞こえた。

やって来たのは、重太郎と藤左衛門だった。

「伊藤先生、どちらへ参られる」

「平左衛門殿が一角斎に」

「遅かったか」


重太郎と別れ東に行こうとした藤左衛門が草津追分《くさつおいわけ》の茶店で一服していると、そこを一角斎ら五人が北へ向かっていた。これは平左衛門方に強請りに行くに違いない。五人相手では自分には何も出来ないことは藤左衛門にはわかっていた。

藤左衛門は京へ戻り伏見の小早川屋敷へ行くと、ちょうど重太郎がいた。

二人は馬を飛ばして長浜に来たが、平左衛門は殺されたあとだった。

「伊藤先生、一角斎のことは某に任せていただきたい」

重太郎が言った。

「いや、ことのおこりは私にある」

伊藤師範が言った。

「私も武芸者のはしくれ。一角斎のような奴らは許せんのです」

「さもあろうが」

重太郎は言った。

一角斎らは卑怯な手を使う奴らである。使い手というわけではない伊藤亘が奴らの奸計に陥《おちい》るのは目に見えている。広瀬軍蔵の奸計で命を落とした重左衛門や重蔵の二の舞を、この愚直な武芸者を合わせてはならない。

それに京で襲われた時に、一刀斎らを叩きのめしていれば、こんなことにはならなかった。一角斎は武芸者の遺恨で重太郎を狙った。まさか長浜の村松家を襲うとは思わなかった。それは重太郎の甘さであろう。

「ここは私にお任せください！」

重太郎の一喝に、伊藤師範はひるんだ。

すまぬ。みすみす、あなたを死なせたくはないのだ。

「私をお連れください」

平三郎が言った。

「父の仇を討たねば」

平三郎の気持ちは痛いほどわかる。今そこに平左衛門の骸《むくろ》がある。

だが一角斎一味はまだ五人いて、次々に卑怯な手で襲ってくる。一角斎らは普通に武芸の腕が立ち、その上で奸計を用いる。重太郎とても、藤左衛門がいなければ奸計に陥ったかもしれないのだ。田舎の武芸道楽の平三郎では太刀打ちできない。足手まといになるだけなのだ。平左衛門の仇を討ちたい平三郎の気持ちをわかった上で、連れて行くわけにはいかない。

「平三郎、お前の務めは、平左衛門殿の仇を討つことではない。名主の家の跡を継ぎ、村を守ることが、お前の仕事だ」

「しかし……」

「お前が仇討ちの旅に出たら、誰が村を守るのだ」

平三郎とても、自分が尋常に立ち合っても一角斎には敵わないことは知っている。それゆえの悔しさがある。

「植松殿、関東に行かれるとおっしゃられたが、何かあてがおありか」

重太郎が藤左衛門に聞いた。

「遠縁に佐竹の臣がいるゆえ頼ろうと思いまして」

藤左衛門が答えた。

「では、行けば仕官の口があるというわけではないのですね」

「お恥ずかしい限り」

「なれば無理に、関東に行かずとも」

「こちらで食い扶持が得られれば。されど、何もってはなく」

「どうしても武士の身分でないとお嫌ですか」

藤左衛門は重太郎が何を言い出すのかと思った。

「いや、平左衛門殿が非業の最期、平三郎はまだ若く、名主の家の切り盛りは難しい。いかがであろう、植松殿、刀を捨てて、村松の家の番頭となって、平三郎を助けてはくれぬか」

意外な提案に、藤左衛門は驚くと思えば。

「いやいや、刀にこだわって、悪党の一角斎に与するよりは、名主の番頭できちんと飯がいただけるなら、私にはありがたい話です」

藤左衛門は笑った。

「平三郎、どうだ。植松殿をここに置いてはくれぬか」

平三郎が無茶をしないように見張らせるのと、万が一もまた一角斎が来た時の用心棒には藤左衛門がいれば安心だ。

「平三郎、一角斎は必ず討つ。お前は立派に平左衛門殿の志を継ぐのだ」

四

丹波亀山《たんばかめやま》は、明智光秀《あけちみつひで》が丹波進攻の拠点とした城。光秀のあと、羽柴秀勝《はしばひでかつ》が治め、今は豊臣家五奉行の一人、前田玄以《まえだげんい》が城主である。前田玄以は奉行職が忙しく伏見に詰めているため、城は家老の須藤大膳《すどうたいぜん》が守っている。山間《やまあい》の町なのに賑やかなのは、山陰道《さんいんどう》入口の町で、明智光秀が商業や流通の基盤を整えた町づくりを行っていたからだ。京に近い、西国からの守りの要の城だけに、腕っぷしが立つなら浪人をいくらでも雇い入れていた。

重太郎が亀山にやって来たのは、もちろん一角斎らを追って来てのことである。鬼人組《きじんぐみ》を名乗る五人組の浪人が前田家に雇われたという噂を京で聞いた。

「さきごろ、ご当家で雇われた鬼人組、赤星一角斎、高橋仙蔵、別所庄兵衛、大和蔵人、相模厳海の五名、近江長浜において、百姓、村松平左衛門を殺害、金品を奪い逃げた悪人でござる」

重太郎は大膳に訴えた。

「武士である赤星が百姓を斬ってなんの不都合があるか」

大膳は言った。

「奴らは武士に非ず。強盗の類《たぐい》でござる」

重太郎は強い口調で答えた。

「赤星らは今では当家の家臣である。だが、強盗を働いたとあっては見逃せない。調べるゆえしばし待たれよ」

「平左衛門殿は、某にとりまして父親同様の御方なれば、是非仇討ちをお許しいただきたい」

そう頼み、重太郎は旅籠に下がった。

さて、どうするか。折角得た身分を捨てて逃げはしまい。となれば、また、闇討ちに来る。そこを返り討ちにしてやろう。


一方、須藤大膳はすぐに一角斎ら鬼人組の五人を屋敷へ呼び、近江長浜の件を問いただした。

「何かと思えば、御家老、それは誤解でござる」

一角斎は言った。

「百姓村松某が無礼を働いたゆえ斬り捨てたまで。金品などは盗んでおりません」

「まことか」

「まことにございます」

「今、城下に父の仇を討ちたいと若者が参っておる」

一角斎はそう聞いて、平三郎が追って来たに違いない。おそらく助太刀に伊藤亘も門弟を連れて来ているだろうから、なら、ここでのちの憂《うれ》いを断っておくに越したことはないと考えた。

「父の仇とは百姓の分際で笑止。たって仇を討ちたいと申すなら、尋常の勝負で返り討ちにしてやりましょう」

「左様か」

「百姓の倅は武芸者の助っ人を連れているはず。我らも五人で、尋常の勝負！」

相手が弱いと思うと、やたらと「尋常の勝負」を繰り返す。一角斎らも、ここで平三郎と伊藤亘を叩きのめして、武芸の腕を前田家に見せておこうという腹だから強気だ。

「なれば明日、城の二の丸にて尋常の勝負をいたせ」

すぐに重太郎のもとへ知らせが入った。

尋常の勝負とは、奴らめ覚悟を決めたのか。

いや、違う。

重太郎も感づいた。一角斎は平三郎が来たと思い、重太郎が来たとは思っていないのではないか。人間、ちょっとした油断が命取りになるものだ。重太郎は思った。

尋常の勝負となれば、一角斎らを斬って捨てるのは容易。だが、あんな者たちを斬ったのでは、大町の名主藤兵衛からもらった大事な関の孫六が穢《けが》れる。

翌朝、重太郎は帯刀せずに、亀山城へ出向いた。

「お一人か?」

大膳が聞いた。

「いかにも」

「赤星は助っ人の武芸者と五人で来るゆえ、五対五の尋常な勝負と申していた。

鬼人組には赤星一人で立ち合うよう言おう」

「それには及びません。何卒、五人一度に」

「失礼だが帯刀しておらぬが」

「刀も無用」

そう言って、重太郎は笑った。

「何？　一人で来ただと」

一角斎の頭を不安がよぎった。

そうか。平三郎の傷がまだ癒えぬので、伊藤亘が一人で来たのか。伊藤亘がどれほどの腕かは知らぬが、五人でかかれば造作もなかろう。

「わかりました。某が立ち合いますが、鬼人組は一心同体、他の四人も幕内に同道いたしてよろしいか」

「かまわぬ」

「では参ろう」


赤星一角斎、高橋仙蔵、別所庄兵衛、大和蔵人、相模厳海の五人が陣幕の内に入って驚いた。

なんとそこにいたのは、岩見重太郎であった。

「岩見……」

一角斎の足が止まった。

銅仕込みの竹刀と対峙した時、しびれ薬を飲まされた時、いろんな記憶が蘇《よみがえ》った。な、なんでお前が、わざわざ百姓の仇討ちに来るのだ。

「村松平三郎に代わり、平左衛門殿の仇を討つ。覚悟いたせ」

重太郎は言った。

逃げよう。一角斎は思った。陣幕を蹴破り、一目散に走ればいい。重太郎が他の四人を斬っているうちに自分だけは逃げられる。

「一角斎殿、奴は帯刀しておりませんぞ」

高橋が言った。

何？

確かに、重太郎は刀を持っていない。なんで素手なのか、そんなことを考えている暇はなかった。なんだ、素手の相手なら、勝てる。

「斬れーっ！」

一角斎が怒鳴った。

高橋ら四人も、重太郎が素手だと思い気が大きくなっていた。抜刀すると、四人一気に斬りかかった。

重太郎は高橋の刃をよけると、別所の顔に鉄拳をお見舞いして倒し、さらに二人の刃をよけると、一角斎の首を摑んだ。刀を構える間もなく、一角斎の首の骨が砕けた。

後ろから斬り付けた大和を蹴り倒し、相模を目より高く持ち上げると、逃げようとした高橋に投げつけた。

一角斎、別所、大和は即死、高橋と相模は重傷だったが、まもなく死んだ。

「実に見事な腕前であった」

大膳が目を白黒させながら言った。

「いかがであろう。おぬしさえよければ、是非《ぜひ》、前田家に仕官なされぬか。鬼人組五人分の俸禄《ほうろく》を、いや、それ以上のものを与えよう」

「お言葉かたじけなく存じますが、某は実は、小早川家の家臣にて、薄田重太郎と申す」

「何、小早川隆景様の？」

「いかにも」

「いやはや、小早川様はよき家臣を持たれたものよ」

大膳は感心した。

「しかし、小早川家の家臣の貴殿が、何故旅をなされている」

「某の父、岩見重左衛門、兄、重蔵を、奸計をもって殺害した、広瀬軍蔵、大川八左衛門、成瀬権蔵、小谷鉄蔵の四名を捜しての旅でござる」

「なんと、御自身も仇討ちの旅であられたか」

「御家老、もしや今の四人の名に、何か心当たりはござらぬか」

言われて、大膳は少し思案した。

広瀬軍蔵、大川八左衛門、成瀬権蔵、小谷鉄蔵……。

「そう言えば、但馬《たじま》の城崎《きのさき》で、大川八太夫《はちだゆう》という武芸者が、確か東軍流の兵法道場を開いている、という噂を聞きました」

大川八太夫？　広瀬軍蔵の仲間、大川八左衛門と名前が似ている。人は偽名を使う時は案外似た名前を使うことがある。しかも、東軍流は広瀬軍蔵が名乗っていた流派だ。

「して、その大川八太夫はいつ頃から城崎に？」

「三月《みつき》ほど前ではないかと」

富山や長浜でずいぶん長逗留をした。三月前なら、大川八左衛門が八太夫を名乗り、城崎で道場を構えてもおかしくはない。

但馬は丹波の隣国。馬を飛ばせば、一日もかからない。

「かたじけない、須藤殿。八左衛門を討ち取りしのちは必ずお礼に参じよう」

重太郎は城を辞すと、旅籠《はたご》に戻り、一角斎ら五人を討ち果たしたことを平三郎に手紙で知らせた。

旅籠に大膳から、「お使いください」と馬が届けられた。

重太郎は城崎へ急いだ。

五.

湯気が町全体を包んでいた。海にも近く、のどかなところだ。

城崎は平安《へいあん》時代から温泉地として栄えた町だ。戦国時代はともかくも、豊臣秀吉が天下を統一してからは、京、大坂よりの湯治客で賑わっていた。

重太郎は、玉屋庄七《たまやしょうしち》という、湯治客相手の旅籠に宿を取った。大川八太夫が大川八左衛門か否か、まずそれを確かめねばならない。何せ重太郎は大川八左衛門の顔を知らないのだ。

その日の晩の膳には、頼みもしないのに酒がついていた。さらには鯛《たい》の塩焼きが載っている。懐に銭はあるが、あまり贅沢は出来ない。

「主人《あるじ》を呼んでください」

女中に言うと、すぐに主人の庄七がやって来た。

「主人殿、某は酒は頼んではいないし、このようなご馳走もいらぬ。余計なお気遣いは無用に願いたい」

「これはこれは。失礼がありましたら、お許しください」

「今宵の勘定は払うが、しばらく逗留するゆえ、明日からは部屋も安い部屋でよい。よろしく頼む」

「いえ。お武家様、実はお願いがあっていたしたことでございます。どうか私の話を怒らず最後まで聞いていただきたいのでございます」

「頼みがある？　聞いてやれることなら聞いてやろう。なんだ、言ってみろ」

「申し上げます。この地に大川八太夫という武芸者がおります」

ほう。いきなり、大川八太夫の名が出た。これは何かの縁かもしれない。

「その武芸者がいかがいたした」

「大川八太夫をやっつけていただきたいのでございます」

そう言って、庄七は頭を下げた。

庄七は同じ旅籠稼業の和泉屋六兵衛《いずみやろくべえ》と仲が悪かった。庄七が小柄であるから、六兵衛はいつも「ちんちくりん」と馬鹿にしていた。庄七はなんとか体が大きくなりたいと、山慶寺《さんけいじ》に願をかけた。満願の日、仁王《におう》が夢に出て「体を大きくしてつかわそう」と言った。目が覚めると、体が大きくなったのか、手足が布団からはみ出していた。「やったぞ、体が大きくなった!」大きくなってはいなかった。布団を横にして寝ていたのだ。

「何を馬鹿なことを申しておる。早く大川八太夫の話をいたせ」

「申し訳ございません。知り合いの者から、体を大きくしたければ、神信心よりも剣術がいいと聞きまして、町で道場を開いておりました鞍馬八流の野田藤十郎《のだとうじゅうろう》先生に入門いたしました」

野田先生は教え方も丁寧で評判がよかった。庄七は永年旅籠屋稼業をやっているから顔も広かった。「庄七さんがやるなら、私もやってみようか」友達が大勢、野田道場に入門し、道場がおおいに栄えた。それが悔しい和泉屋六兵衛が連れて来たのが八太夫であった。八太夫は藤十郎に他流試合を申し込み、これを打ち倒して道場を乗っ取ってしまったというのだ。

「野田先生が弱かったんだから仕方がないのかもしれませんが、私ども町人の門弟に丁寧に教えてくれていた先生を、打ちのめして追い出した八太夫が憎いのです。こうなればなんとか、八太夫より強い人に、あいつをやっつけていただきたいと」

「主人殿の気持ちはわかるが」

それは武芸者同士の腕比べ。それに口をはさむ気は重太郎にはない。だが、八太夫を連れて来た和泉屋六兵衛に会えば、八太夫が八左衛門かどうかもわかる。別人なら、この件に関わることはないが、もしも八太夫が八左衛門なら、他流試合で道場を奪ったのだ。他流試合を申し込めば受けないわけにはゆかなくなる。

「わかった。とりあえず大川八太夫がどのような奴か、明日見に参ろう」

「よろしくお願いいたします」

庄七は頭を下げた。

「旦那様、柏屋《かしわや》の番頭さんがお見えになりました」

女中がやって来て、声を掛けた。

「今、お客様と大事な話をしているところだ」

「でも急ぎの用事とかで」

「構わぬ、行ってよいぞ」

重太郎が言ったので、庄七は部屋を出て行ったが、すぐに別の男を連れてやって来た。

「岩見様、どうかお力をお貸しください」

庄七ともう一人の男が頭を下げた。

「ことは一刻を争います。どうか、大川八太夫をやっつけてください」

もう一人の男は、庄七の旅籠仲間、柏屋の番頭で忠吉《ちゆうきち》という者だった。柏屋の客で但馬出石《いずし》の呉服屋、舛屋仙右衛門《ますやせんえもん》、そこの若い者の久七《きゆうしち》が、酒を飲んでいた八太夫と門弟たちに粗相《そそう》をした。平謝りの久七を、八太夫らは大勢で殴る蹴る、そのまま縛り上げて道場へ連れ帰った。驚いた仙右衛門は、番頭の惣《そう》兵衛《べえ》に十両持たせて謝りに行かせたら、惣兵衛も縛り上げられてしまった。

八太夫の門弟が来て、二人を帰して欲しければ、主人が百両持って詫《わ》びに来いと言う。八太夫にとって、いい金蔓《かねづる》が出来た。搾《しぼ》れるだけ搾り取ってやろうという了見らしい。

柏屋に摂津茨木城の片桐且元の家臣で土岐権太夫という人が泊まっていた。話を聞いた権太夫は、惣兵衛と久七を返すよう、八太夫に手紙を書いた。

八太夫は権太夫の手紙を破り捨てると、すぐに門弟が果たし状を持って柏屋を訪れた。

権太夫の手紙が無礼であると言うのだ。舛屋は商人だからたかが知れている。片桐且元相手なら、もっと金が取れると八太夫は考えたらしい。権太夫を叩きのめして捕らえれば、片桐家は家来を見棄てるわけにはゆかない。千両は出すであろう。

権太夫は還暦近い老人で、供は若党が一人。八太夫の門弟は三十人はいる。

「逃げれば、惣兵衛と久七の命はない」と果たし状にあった。片桐且元の家臣が町人を見棄てて逃げるわけにはゆかない。

「仕方がない。わしが行って、大川殿と話をつけて参ろう」

権太夫は言ったが、みすみす捕まりに行くようなものだ。

「なんとかなりませんか、玉屋さん」

庄七は旅籠仲間からは信頼されているらしい。

「岩見様、どうかお助け願えないでしょうか」

ふたたび庄七と忠吉が頭を下げた。

八太夫が八左衛門かどうかはまだわからぬが、どの道、碌《ろく》な奴ではないことがわかった。

土岐権太夫に義理はないが、悪い奴は放ってもおけまい。

「わかった。で、果し合いはいつ、どこで？」

「明朝、寛正寺《かんせいじ》の境内《けいだい》でございます」


翌朝、重太郎は庄七に案内をさせて寛正寺に行った。すでに大勢の湯治客が見物に来ていた。

大柄で髭を生やした、おそらくあやつが大川八太夫であろう。十五人の門弟を従えて来ている。

対して、小柄な老人と若党が一人、あれが土岐権太夫だろう。

権太夫が勝てば問題はない。八太夫が一対一で勝負をするなら、権太夫にも勝ち目がないわけではない。権太夫は賤ヶ岳《しずがたけ》七本槍の一人、片桐且元の重臣、それなりの武芸の腕はあるし、場数も踏んでいるだろう。

だが、八太夫は一対一で戦う気はないらしい。自らが刀を抜く気もないようだ。

「片桐家の臣と驕《おご》り、浪人とは言え武士である某に無礼なる手紙。とても許せるものではない。御老人、お覚悟召されし」

八太夫は言うと、合図をした。十人の門弟が権太夫と若党を囲んだ。あとの五人は八太夫の後に控えた。おそらく野田藤十郎も、数名がかりで倒されたのだろう。

「岩見様……」

庄七が不安気な声を上げた。八太夫の門弟は十五人。庄七も臆《おく》したに違いない。

「わかっておる」

権太夫を囲んでいる十人を倒せば、後の五人は逃げ出すだろう。八太夫がただの悪党なら、それであとは権太夫に任そうではないか。だがもし、大川八左衛門なら、奴こそ、重太郎が討たねばならない。

そう思い重太郎は見物人をかき分けて前に出た。

「御老体、助太刀いたす」

「なんだお前は？」

八太夫が言った。

「その前に大川殿にお尋ねしたいことがござる」

「なんだ？」

「大川八太夫は真の名でござるか？」

「いかにも。拙者、大川八太夫」

「大川八左衛門ではないのだな」

「八左衛門？　なんじゃそれは？　わしは八左衛門ではないわ、八太夫だ」

八太夫は怪訝な顔をした。嘘ではなかろう。こやつは大川八左衛門ではない。

「なら、御老体、八太夫はお任せいたす。有象無象《うぞうむぞう》は某にお任せください」

「かたじけない。貴殿のお名は？」

権太夫が聞いた。

相手が八左衛門でないのなら、重太郎の名を聞いて逃げることはなかろう。

「筑前名島、小早川隆景の臣、岩見重太郎と申す」

重太郎が言うと、権太夫はにこりと笑った。

「助太刀は斬り捨てよ。爺《じじ》いは捕らえよ」

八太夫が命じたので、門弟たちが間合いを詰めて来た。

その時だ。

「ぐわーっ」

八太夫の悲鳴が聞こえたと思うと、八太夫の首がころがり落ちた。

八太夫の首を落としたのは、後ろに控えていた門弟の一人だった。

他の門弟たちは何事かと思ったが、親分が首を落とされたので、一同戦意喪失に陥《おちい》ったらしい。

門弟たちも武芸者のはしくれ。見れば、権太夫もそこそこ強そうだし、助太刀に入った重太郎はかなり強そうだ。死んだ師匠に義理立てして命を落としたくはない。

じりじりと後ろへ下がると、そのまま一目散に走り去った。

八太夫の首を落とした門弟が重太郎の傍に走り来て跪《ひざまず》いた。

「若様、お懐かしゅうございます」

重太郎は男に見覚えがあった。確か……。

「私は小早川家の臣で花垣泰助《はながきたいすけ》、重左衛門様に武芸の手ほどきを受けていた者にございます」

なんと、この若者は重左衛門の門弟の一人、重左衛門が非業《ひごう》の死をとげたのち、仇討ちをせんと旅に出ていたというのだ。そして、重太郎と同じく、大川八太夫が大川八左衛門ではないかと思い、弟子入りをして様子をうかがっていたのだという。

「私は広瀬軍蔵と小谷鉄蔵の顔は覚えておりますが、大川、成瀬は存じおりませんでした」

泰助は言った。

様子を探るうち、八太夫が強請《ゆす》りたかりの悪党武芸者と知り、いつかやっつけてやろうと思っていたところ、重太郎の名を聞き、首を落としたのだと言った。

「他の門弟たちも悪党に加担はしていましたが、根は悪人ではありません。斬ってしまうのは可哀想でしたから」

なるほど、あのままでいたら、門弟たちは皆、重太郎に斬り伏せられていた。

「岩見殿、かたじけない」

権太夫が改めて礼を述べた。

「いや、八太夫を討ったのはこの者でございます。礼には及びません」

重太郎は言った。

「いや、あのままでは私は斬られていた。岩見殿の助太刀のおかげで命拾いいたした。筑前名島、十八人斬りの岩見殿の名を聞き、ホッといたしました」

そう言って、老人は笑った。

なるほど。重太郎が名乗った時に、にっこり笑ったのは、老人は重太郎の名を知っていたのだ。

「こんなところで立ち話もなんでございます。私どもの宿屋で一献差し上げたく存じます」

庄七が言うので。

「なれば、玉屋へ参ろう」

重太郎は泰助を誘い、玉屋に行くことにした。

「こんな悪党でも、首を落とした以上、役人の調べは受けましょう。岩見殿、花垣殿、この場は私にお任せ願えぬだろうか」

権太夫が言った。

「八太夫の首を落としたのは私でございます。役人の調べは私が受けましょう」

と泰助は言ったが。

「いや、花垣殿は、大川八太夫の門人になった身、何かと面倒になる。ここは土岐殿にお任せしよう」

重太郎が言った。相手は悪人だ。豊臣家の重臣、片桐の臣である権太夫が斬ったのなら、とくに咎《とが》められることはないことがわかっていた。

「かたじけない」

そうして、重太郎、泰助は、あとを権太夫に任せて、玉屋へ引き上げた。

六

重太郎は泰助に、重蔵とつぢの非業の死を語った。

「まさか、重蔵様、つぢ様まで」

泰助は涙を流した。

「この上は憎き広瀬軍蔵を討つまで、お供《とも》つかまつりたいと存じます」

「もちろんだとも。お前が一緒に来てくれたら百人力だ」

実際、泰助の腕は確かで、重太郎にとっても心強い味方である。

「土岐様が参られました」

重太郎が思った通り、権太夫は宿役人から半刻（一時間）ほど事情を聞かれ、非のないことがわかるとすぐに解放された。

八太夫に捕らわれていた惣兵衛と久七も助け出された。舛屋から玉屋に礼の酒、肴《さかな》が山のように届けられた。

「天下の豪傑、岩見重太郎殿と酒が酌み交わせるとは、嬉しい限り」

権太夫は喜んで盃をあけた。

「いや、そんな豪傑とは存じ上げませんでした」

庄七は恐縮した。

「玉屋、小柄なことを悔やむことはない。おぬしは岩見殿を見込まれたのだ。人を見る目がある。宿屋の主人として、誇らしく思ってよいことだ」

権太夫に言われ、庄七も少し自慢に思うことにした。

八太夫のような悪党を連れて来た和泉屋六兵衛は役人から咎められることになるだろう。万事めでたしめでたしである。だが、八太夫は大川八左衛門ではなかった。これでまた、広瀬軍蔵への手掛かりがなくなった。

「玉屋、宿屋稼業をやっていると、旅人の噂を聞くであろう」

「はい。旅人の噂はいろいろ聞きます」

「では、広瀬軍蔵、大川八左衛門、成瀬権蔵、小谷鉄蔵の名を聞いたことがないか」

「うーむ、ございませんな」

奴らは人目を避けて逃げているのだ。重太郎だけでなく、泰助ら重左衛門の門人たちも広瀬軍蔵の行方を捜している。旅人の噂になるようなことはせず、ひっそりと逃亡生活を続けているのだろう。やはり、名を変えているのかもしれない。

「成瀬権蔵は塩巻平蔵と名を変えていた。何か似たような名には心当たりはないか」

「塩巻……、聞いたことがございません」

庄七が申し訳なさそうに言った。

「私は聞いたことはありませんが、城崎には五十軒以上の旅籠がございます。私が明日、一軒ずつ聞いてまわります」

「かたじけない」

「お待ちください。塩巻平蔵と言いましたか？」

権太夫が言った。

「塩巻ではないが。下巻剛蔵《しもまきごうぞう》という武芸者なら存じおる。摂津の隣、河内《かわち》国、葛《かつら》城山《ぎさん》の麓《ふもと》で、一刀流と居合術の道場を開いております」

「塩巻、下巻、それはもしや成瀬権蔵やもしれない」

「剛蔵と権蔵も似ています」

泰助が言った。

それに居合術？　あのインチキ居合術を教えているのか。

重太郎は今度こそ成瀬に違いないと思った。


翌朝、重太郎と泰助は、権太夫、庄七らと別れて、葛城山へ向かった。

権太夫は葛城山の麓にある尾花《おばな》村の名主、沢田市郎右衛門《さわだいちろうえもん》と昵懇《じっこん》だと言うので手紙を書いてもらった。

「これはこれは。土岐様のお知り合いですか」

市郎右衛門は人のよさそうな中年の男だった。

「土岐殿とは城崎でお目に掛かり意気投合。某は旅の武芸者、岩見重太郎と申す」

「同じく、花垣泰助」

とにかく、下巻剛蔵が塩巻平蔵、否、成瀬権蔵であるかどうかを確かめねばならない。土地のことに詳しい名主から、情報を仕入れようと、重太郎は思った。

「このあたりに腕の立つ武芸者はおりますか」

　重太郎が聞いた。

「はい。ほんの三月ほど前、隣村に下巻剛蔵という、一刀流と居合の先生が道場を開かれました。村の武芸好きもずいぶん習いに行っております。教え方も丁寧で、評判のよい先生でございます」

　評判がいい？

　成瀬権蔵なら、大川八太夫のように門弟を率いて強請《ゆす》りたかりを働いていてもおかしくないが、まじめに村人に剣法を指南しているということは、また、別人であろうか。

「沢田殿は、下巻殿をご存じか」

「はい。気さくな先生で、三日に一度は、酒を飲みに参ります」

　ならば話が早い。わざわざ出向かずに、下巻が訪ねて来るのを待って、もしも成瀬権蔵なら、捕らえて広瀬軍蔵の居所を吐かせればよい。

「沢田殿、我らをしばらく、こちらのお屋敷にお泊めいただくわけには参らぬか。馬小屋でも納屋でも構わぬ」

「もちろんでございます。土岐様のお知り合い、何日でもお泊まりくださいませ。幸い、離れが空いております」

「かたじけない」

「私は御用繁多でお相手は出来ませんが、田舎料理でお気には召しませんでしょうが、よい酒はございます。ごゆっくりしていらしてください」

その夜は、酒肴のもてなしを受け、重太郎と泰助は沢田家の離れで休んだ。

真夜中過ぎ、何かきな臭い臭いで、重太郎は目を覚ました。

燃えている。

建物が燃えている。火のまわりが早い。

ただの火事ではないようだ。

「おい、起きろ、泰助」

「こ、これは、火事！　す、すぐに逃げましょう」

「待て。飛び出すな」

「しかし……」

「どうやら奸計にかかったようだ」

建物の木が燃える臭いに混ざって、油の臭いがする。

おそらく建物のまわりに油を撒《ま》いて火を付けたのだ。

成瀬権蔵が重太郎らに気付いて、焼き殺そうというのだ。

もしかしたら、沢田市郎右衛門も権蔵の仲間だったのかもしれない。

「成瀬のことだ。我らがそのまま焼け死ねばよし。もし気付いて外へ逃げ出したら、そこを種子島か弓で殺そうと、身構えているに違いない」

「わかりました。私が囮《おとり》になります」

「待て」

重太郎の止めるのも聞かず、泰助は雨戸を蹴破《けやぶ》り外へ飛び出した。

「ぐわーっ」

泰助の悲鳴が聞こえた。案《あん》の定《じょう》、門弟数人が外で弓を構えていた。

泰助の死は無駄には出来ない。

重太郎は飛び出し、二の矢をつがえようとしていた門弟数人を斬り伏せた。

成瀬はどこだ！

二町ほど先に逃げてゆく成瀬権蔵の後姿が見えた。

追おうと思った時、ゴーッという音とともに、離れの建物が崩れ落ちた。間一髪だった。泰助が飛び出して囮にならなければ、重太郎も建物に潰されていたに違いない。

矢を受けて、もはや亡骸《なきがら》となった泰助のそばに、呆然と立ち尽くす市郎右衛門がいた。

「どういうことか、ご説明を願おう」

重太郎の声に、市郎右衛門はその場に泣き崩れた。

今日の夕方、市郎右衛門は村の神社の禰宜《ねぎ》に会うために出掛けたが、途中、偶然、下巻剛蔵と会った。

「我が家に武芸者が二人訪ねて参っておりまする」

「どのような武芸者でござる」

「私の見ましたところ、なかなかの豪傑にございますよ。しばらく逗留すると申しておりましたので、離れをお貸しすることになりました。是非、お訪ねくださ
い」

「是非、うかがわせていただきます」

下巻剛蔵は成瀬権蔵だった。

もしや岩見重太郎が自分を追って来たのではないか。だが、二人と言っていた。もう一人は誰だ。

「失礼ながら、お泊まりの武芸者のお名前は？」

「岩見重太郎様と花垣泰助様です」

やはり重太郎であったか。どこかで下巻剛蔵の噂を聞き、やって来たのだ。おそらくもう一人の花垣は、小早川家の者であろう。どうしよう。このまま逃げよう。いや、折角うまくいっている道場を捨てるのは惜しい。それに、ここを逃げても、重太郎は必ず追って来る。ここで奴を殺せば、すべての憂いを断ち切れる。

権蔵が道場に戻ると、近隣の郷士の子弟である門弟たちがいた。

「おぬしら、力を貸してくれ」

「先生、何事でございますか」

「十年捜していた、妹の仇《かたき》と出会ったのだ」

「なんですと！」

「いいから、一緒に来てくれ」

神社へ行くと、市郎右衛門がちょうど出て来るところだった。

「沢田殿、お話がございます」

「下巻先生、いかがいたしました」

「実は沢田殿の屋敷に泊まられている岩見重太郎のことでございます」

「ちょうどよい、私も仕事が片付いた。これから屋敷へ参り、一緒に酒でもいかがですか」

「そのような真似は出来ません」

「何故？」

「あやつは妹の仇なのでございます」

言うと権蔵は市郎右衛門にわからぬよう、己の太股《ふともも》の柔らかい肉を力一杯抓《つね》った。痛みで目に涙があふれ出た。

「十年前、岩見は妹を手籠《てご》めにして殺すと、そのまま出奔《しゅっぽん》したのでございます」

「そんな人には見えないが」

半信半疑の市郎右衛門の前で権蔵はポロポロと涙を流した。

武士が人前で、こんな風に泣くのを見たことのなかった市郎右衛門は驚き、すっかり信用してしまった。

「岩見を捜して十年、やっと巡り合えたのでございます」

「では仇討ちを？」

市郎右衛門の問いに、権蔵は首を横にふった。

「仇討ちをしたいのはやまやまなれど、岩見はかなり強い。お恥ずかしい話ですが、私の腕では歯が立たない。名乗りを上げて戦えば、返り討ちに遭う」

「それで、私たちに助太刀をせよと」

門弟の一人が言った。

「たわけが。貴様らの五人十人の助太刀で勝てる相手ではないのだ」

権蔵は唇を噛みながら言った。

「だが、おぬしらの力を借りたい」

「なんなりとお申しつけください」

門弟の一人が言い、他の者にも同意を求めた。一同がうなずいた。

「かたじけない。沢田殿、卑怯な奴とお笑いください。だが、何が何でも妹の無念を晴らしたい。そこで今宵、岩見が寝ている沢田殿の屋敷の離れに火を放ち、焼き殺してしまおうと思います」

「うちの離れに火を放つ、それは……」

流石に市郎右衛門は止めようとしたが、

「お頼みします」

権蔵は道端に土下座をした。

市郎右衛門は驚いた。

「我らは何を」

門弟の一人が言った。

「うん。万一火を放ったことに気付かれた時、奴らが出て来たら、弓で射殺してもらいたいのだ」

「弓で？」

「卑怯はわかっている。だが、卑怯な手を使わぬ限り、妹の無念は晴らせぬのだ」

権蔵はふたたび太股を抓った。涙がとめどもなく流れた。

「武士が泣きながら、土下座をされたのです。すっかり信じてしまいました」

市郎右衛門は門弟たちを見捨てて逃げた権蔵を見て、すべての嘘がわかったようだ。

「申し訳ございません」

市郎右衛門は土下座をして重太郎に詫びた。

思えば市郎右衛門も、権蔵に騙されて、離れを燃やすはめになってしまった。可哀想と言えば可哀想だ。斬らねばやられていたとは言え、権蔵の門弟たちも斬り殺してしまった。そして何より、折角得た百万の味方であった花垣泰助の死が悔やまれた。泰助が弓の的になって退路を開いてくれねば、重太郎は焼け死んでいたのだ。

「許せ、花垣泰助」

重太郎は泰助の亡骸に手をあわせた。

「沢田殿、私は今、大事な仲間の命を奪った、おぬしの首を討ちたい。だが、許そう。沢田殿は下巻剛蔵を名乗る、成瀬権蔵に騙されていたのだ」

無念である。だが、今ここで、市郎右衛門の首を落としても、泰助が戻るわけではないのだ。

「沢田殿、成瀬権蔵、下巻が頼るような場所が近くにございますか。あるのならお教えいただきたい」

「なれば、なんでも仲間が、吉野《よしの》街道を南に行った村雲谷《そんうんだに》という山にいると聞いたことがございます」

「村雲谷？」

なるほど。おそらくそこに、広瀬か、大川か、小谷の誰かが隠れ住んでいるに違いない。もしも権蔵が村雲谷に行けば、二人を討つことが出来よう。一刻を争う。

「沢田殿、すまぬが花垣泰助と、私が斬った者たちの供養を頼む」

「それは構いませぬが」

「私は村雲谷に参る。何が何でも成瀬権蔵を討たねばならぬのだ」

七.

「あそこは山賊の巣窟《そうくつ》ですよ」

吉野街道から村雲谷に向かう脇道のところにあった茶店に寄った重太郎に、茶店の親父が言った。

なるほど。広瀬軍蔵らが山賊の巣窟に身を寄せているとしても不思議ではない。

だが、いくら山の中とは言え、都に近い河内国に山賊の巣窟があるのか。役人は動かないのか。

「山が自然の要塞になっているのと、五十人近い手下がいるので、役人もなかなか手が出せません」

山賊どもは山の中に小さな砦《とりで》を築いているようだ。簡易な濠《ほり》と、城壁、櫓《やぐら》も備えてあって、二、三百の兵で攻めても、五十人の山賊に敵わないのだそうだ。

「だからと言って、手をこまねいていてよいわけはなかろう」

「旦那様はご存じないので？　河内国は『太平記《たいへいき》』の昔、楠木正成《くすのきまさしげ》が活躍した土地。楠木正成も元は悪党《あくとう》と呼ばれた山賊の一種。それが幕府という権力と戦い、恐れおおくも天子様の兵となられたのです」

なるほど。権力と戦う、今の世なれば豊臣に反旗を翻《ひるがえ》す者たちが、この山中に集っているということか。

「旦那様、腕に覚えがあるならば、いかがでございましょう。山賊の仲間にお入りなさい。酒にも女にも困りません」

ここはただの茶店ではないな、と重太郎は思った。親父はどうやら、山賊の手下で、ここが見張り場所らしい。街道に金を持った旅人や商人の荷車でも通ろうものなら、この親父が狼煙《のろし》か何かで山賊に知らせているに違いない。それだけではない。武芸者が通り掛かると山賊の仲間入りもすすめているようだ。

豊臣に潰された大名は多い。中には、敵《かな》わぬまでも豊臣に戦いを挑みたいと思う者もいる。楠木正成と言われ、心を動かされる武芸者もいるやもしれない。

重太郎は筑波の山中で会った稲毛多四郎を思い出した。北条家が豊臣に敗れたため、山中での暮らしをしていたが、刀だけはいつも手入れをしていた。豊臣に一矢報いることがあればと手入れをしていたが、その機会は来ないと知り、刀を重太郎に譲ったのだ。多四郎なら、山賊の仲間に加わっていたかもしれない。

「旦那様、もしも山賊になられたら、酒は飲み放題、女も思うが侭《まま》ですよ」

酒は親父が調達しているのだろう。女……。おかしなことを言う。

「女が何故、この山奥におるのだ。山賊が山の中に女郎屋でも作ったのか」

「まさか、女郎屋は作りませんが、近隣の娘どもをさらってまいります。だから、女には不自由しません。どうです、旦那様、山賊の仲間になりませんか」

娘をさらって来るだと？　とんだ楠木正成だ。

「そうそう。今朝も一人、山賊の仲間入りをしようと武芸者が山に登って行きましたよ。景気付けといって、うちで酒を二升飲んでいきました。どうです、旦那様も景気付けに。山賊の仲間入りをなさるのでしたら、お安くしておきますよ」

酒を二升食らって山賊の仲間入りとは、そやつも碌《ろく》な武芸者ではあるまい。娘をさらっていると聞いたら、山賊退治をせねばなるまい。二升くらった武芸者も一緒に退治してくれよう。だが、その前に、

「よし、そいつが二升飲んだのなら、わしは三升もらおう」

「へへへ、旦那様、話がわかりますな」

一升枡になみなみ注いだ酒を、重太郎は三杯、キューッと空けた。

「お代は特別に半額でよろしゅうございます」

何が半額だ。山賊めが。

「えいっ」

鉄扇で親父の頭に一撃おみまいした。

「な、何をする」

「親父、お前は山賊の仲間だな。山賊退治の行きがけの駄賃、まずお前から成敗《せいばい》してくれる」

言うと、重太郎は、手近にあった荒縄で親父を縛り上げた。

「お前は小者のようだから命は助けてやる。山賊退治して戻ったら、役人に引き渡してやろう」

「こんな真似をしてただで済むと思うなよ。山賊の頭領は、北見典膳《きたみてんぜん》様という、宝蔵院《ほうぞういん》流の槍の達人だ」

宝蔵院流は最強の槍の流派だが、北見典膳なんていう野郎は聞いたことがない。

「そして、驚くな。二番の頭は、塚原卜伝先生の弟子で一刀流の達人、高野弥平次様だ。貴様など、ひねり潰してくれるぞ」

「何、高野弥平次だと？」

高野弥平次と言えば、下野国のへっぽこ武芸者、剣術よりも算盤《そろばん》が得意で、成瀬権蔵のインチキ居合術に騙された男だ。それが山賊の頭領とは驚いた。しかし、剣術より算盤が得意で、塚原卜伝に手ほどきを受けたことと武芸者に知り合いが多いことで、道場は繁盛していたはずだ。それが山賊に落ちぶれるとは、一体何があったのだ。

それにしても塚原卜伝先生も、おかしな奴に手ほどきをしたばかりに山賊の師匠みたいに言われて、気の毒な話だ。

高野弥平次が山賊の頭領ということは、成瀬権蔵がここにいることは確かだ。

よし、高野弥平次、成瀬権蔵、それから北見なんたらという槍遣いに手下の五十人も全部まとめて叩き斬って、さらわれた娘たちを助けねばならない。

「親父、待っていろ」

重太郎は、山を登って行った。

しばらく行くと。

ゴーッ、グワーッ、凄い音がする。

見ると身の丈六尺（一メートル八十センチ）の大男が、木の切り株に寄り掛かって寝ていた。

この男が山賊の子分になりたいと二升飲んで山に登った奴か。ここまで来たところで、酔っ払って寝てしまったのか。

寝ているうちに叩き斬ってもいいが、見ればなかなか強そうな奴だ。こいつとなら尋常に勝負をすれば面白かろう。

それにもし、茶店の親父の言っていた山賊の仲間入りに来た男と別人だったら、大変だ。首を刎《は》ねてからでは、取り返しがつかない。

どうしよう？　叩き起こすか。いや、実に気持ちよく寝ている。起きるまでこのままにしてやろう。

そう思うと、重太郎も三升飲んでいるから、少し眠くなった。

うん。俺も一寝入りするとしよう。

重太郎、少し離れた切り株に寄り掛かると、すぐに眠りに落ちた。

グー、グー、グワーッ、グワーッ。

鼾《いびき》の二重奏があたりに響いた。


一方、親父が縛られた茶店には、また一人、別の武芸者がやって来た。

長さ一丈（三メートル）、重さ八十斤（四十八キロ）の鉄の槍をかついだ、これも六尺を超える髭の大男。

「親父、酒だ……、どうした、お前、縛られているのか」

「お、お助けください」

「助けてもよいが、縛られているわけを話せ。もしかしたら、茶店の親父に見えて、実は護摩《ごま》の灰《はい》かなんかで、旅人の懐《ふところ》を狙って捕まったのかもしれない」

「そんなんじゃございません。私はまっとうな茶店の親父でございます」

「なんで縛られた」

「山賊に襲われました」

そう言えば助けてくれると思った。

「信用ならんな」

「そんな。お武家様、縄を解いてくれたら、酒を一升奢《おご》ります」

「それは景気がいいな。だが一升は少ない。三升奢るなら、縄を解いてやろう」

図々しい武芸者がいたものだ。

親父は今、ただで重太郎に三升飲まれ、またこの武芸者に三升ただで飲まれるのかと思ったが、仕方がない。

「わかりました。三升差し上げますから、どうか縄を解いてください」

「よしわかった」

武芸者は親父の縄を解き、三升の酒を飲んだ。

「で、お前を縛った山賊はどこのどいつだ？」

親父はこの強そうな武芸者を重太郎と戦わせればと考えた。

「私を縛った山賊は、武芸者の形《なり》をした男です」

「山賊は一人か？」

「一人です」

「おかしいなぁ。山賊は五十人と聞いて来たのだ」

「五十人と聞いて来た？」

「村を襲って娘をさらった山賊五十人を退治してくれようとやって来たが、なんだ、山賊はたった一人か」

「いえいえ、一人といっても、もの凄く強い奴です。どうかやっつけてください」

「やっつけてやってもいいが、うん、飲み足りない。もう二升飲ませろ」

酷い奴がいたものだ。

「お武家様、失礼ですが、お名前は？」

「わしか。わしは黒田《くろだ》家の家臣で後藤又兵衛と申す」

後藤又兵衛、槍一筋の豪傑で、この時は黒田家の家臣。黒田官兵衛《かんべえ》亡き後、黒田長政《ながまさ》とそりが合わずに浪人し、のちに豊臣家に五万石で召し抱えられる。大坂夏の陣では、真田幸村らとともに徳川軍を苦しめる。重太郎とも共に徳川と戦うことになるが、それはのちの話だ。

さらに二升飲んだ又兵衛は、羅生門《らしょうもん》の謡《うたい》を謡いながら、山に登って行った。

「やっと起きたか」

重太郎が目を覚ますと、そこには大男の武芸者が立っていた。

「うん、よく寝た」

あたりは夕暮れ近くになっていた。

どうしたんだっけ。そうだ。三升の酒を飲んで、山賊の見張りと思われる茶店の親父を縛り上げ、山賊退治に山を登って来たら、この野郎が切り株に寄り掛かって寝ていた。二升飲んで山賊の仲間入りに来た野郎なら叩き斬るが、人違いなら大変だ。

「お前は麓の茶店で二升飲んだ野郎か」

重太郎が聞くと、

「いかにも」

と大男は言った。

「山賊の仲間入りとはけしからん。退治してくれよう。尋常に勝負しろ」

重太郎は刀を抜いた。

「貴様こそ、山賊の出る山で、高鼾で寝ているとは、山賊の仲間に違いない。勝負だ」

大男は、棍棒《こんぼう》を手にした。

重太郎が「ちょう」と打てば、大男は「はし」と受ける。重太郎は体をかわすが、大男がふりおろす棍棒は、なかなか素早く次々に手を繰り出して来る。戦うこと二十手あまり、勝負がつかない互角の腕だ。

「待て」

大男が言った。

「貴様はなかなかの腕だ。うっかりすると貴様に斬られるかもしれない。斬られる相手の名も知らないのは悔しい。おぬし、名を名乗られよ」

なるほど、言うのは道理だ。重太郎とても、わずかに油断をすれば、大男の棍棒の餌食《えじき》になる。大男を倒したとしても、これだけの腕の男の名は知っておきたい。

「よかろう。貴様も名乗るのなら、教えてやる」

「よし。わしも名乗ろう」

「わしは筑前名島、小早川隆景の臣で、岩見重太郎」

「何？　筑前名島、小早川隆景殿の家臣で、岩見……」

「いかにも」

「では、岩見重蔵殿をご存じか」

「岩見重蔵はわしの兄だ。貴様、兄を知っておるのか」

「重蔵殿の死を看取った。わしは伊予松山、加藤左馬之助の臣、塙団右衛門と申す」

えっ！

なんと大男は塙団右衛門、重蔵とつぢを広瀬軍蔵らの狂剣から助け、その後、命を失った重蔵を弔《とむら》ってくれた、まさに恩人であった。

重太郎は刀を投げ捨てると、その場に跪いた。

「知らぬこととは言え、申し訳ございません」

「いやいや、こちらこそ」

団右衛門も棍棒を投げ捨てた。

「こんなところで岩見重太郎殿にお目に掛かれるとは。重蔵殿の最期はお聞きおよびであろう」

「はい」

「卑怯な奴らに種子島で撃たれての無念の最期でございました。して、つぢ殿はお元気か」

「つぢは……、亡くなりました」

「何、つぢ殿が！」

団右衛門も驚いて言葉が続かなかった。

「つぢもまた、悪人の奸計に掛かり、自ら命を絶ちました」

重太郎はつぢの非業の最期を語った。

「なんと言うことだ。わしが最後まで一緒にいたら、そのようなことにはならなかったものを。岩見殿、申し訳ござらぬ」

今度は団右衛門が頭を下げた。

「いいえ。悪人の奸計に陥りたるは私の失態。つぢが命を落としたのも、私の力が足りなかったからでございます」

つぢの話になると、重太郎の目から涙がこぼれた。

「して、悪人どもはいかがいたしました？」

「別々に逃げてしまい、一人として討つことが出来ません。しかし」

重太郎は言った。

「この山賊の巣窟に、悪人の一人、しかも、つぢを自害に追い込んだ成瀬権蔵がいるらしい。しかも、山賊の頭も、成瀬とともに私たちを奸計にはめた高野弥平次であることがわかりました」

「なんと。それは朗報。岩見殿は成瀬と高野をお討ちなさい。槍遣いの頭と手下五十人はわしが引き受けましょう」

「団右衛門殿は山賊の仲間入りに来たのではござらぬのか？」

「いやいや、わしは山賊退治に参ったのだが……」

団右衛門は、あっ、と困った顔をした。

「いかがなされた」

「面目ない。街道の茶店の親父が、山賊の仲間入りをするなら安く酒を飲ませてくれると言うので、つい方便で山賊の仲間入りをすると言ってしまった」

そう言って、団右衛門は照れ笑いをした。


話変わって、後藤又兵衛。山を登って行ったものの、実は又兵衛は方向音痴だった。五升飲んだ酔いも手伝い、同じ道をぐるぐる歩き、日も暮れかかってきた。

仕方がない。明日の朝、太陽の昇る方向を見て、ふたたび歩くとしよう。酔いもあり、適当な切り株を枕に横になると、すぐに高鼾で寝てしまう。

そこへ山賊の手下が二人、通り掛かった。

「おい、あんなところで侍が寝ているぞ」

「どうせまた山賊退治に来た馬鹿だ。豪傑のふりして、麓の茶店で酒を食らって登ってきたのだろう」

「どうするよ」

「知れたことだ。寝ているうちに首を刎《は》ねて、お頭のところへ持って行って褒美《ほうび》をもらおう」

「お頭は褒美をくれるかな」

「ケチだからくれないかもしれないが、とにかく山賊退治の侍に違いないから、首を刎ねておけば安心だ」

手下の一人が山刀をふりおろす。

又兵衛の首がころりと落ちたかと思うと、さにあらず。又兵衛、寝返りを打った。同時に何か気配を感じたのか、目を覚ましたから、山賊の手下が驚いた。

「なんだ、お前ら？」

又兵衛が見ると、毛皮を着て髭っ面、山刀を下げた、いかにも山賊という男が二人。

あれ？　茶店の親父は山賊は一人と言っていたが、ははぁ、あの親父は山賊の仲間で嘘を言ったんだ。聞いてきたように、やはり山賊は五十人くらいはいるな。こいつらはその五十人の、かなり下っ端のようだ。

茶店の親父の言っていた武芸者も山賊退治に来たに違いない。一人で五十人相手にするのはちとしんどいと思っていた。手柄はその野郎にくれてやってもいい。山賊退治の助っ人をしよう。

「おい、お前たち！」

又兵衛の声に山賊の手下は驚いて尻餅をついた。

「命が惜しくば、言うことを聞け！」

「ひえーっ、お助け」

山賊二人は山刀を投げ捨てて、その場にひれ伏した。

「よし。お前らの塒《ねぐら》に案内しろ！」

山賊の砦は、城壁と濠に囲まれてはいるが、中はほったて小屋が何軒かあるだけで、手下どもはそこに雑魚寝《ざこね》をしているようだ。頭の北見典膳と高野弥平次と数人が、その奥の古寺を塒にしている。おそらく、そこに成瀬権蔵もいよう。

櫓に見張りはいないようだが、濠の跳ね橋が上げてあり、中には入れないようだ。

「団右衛門殿、いかがいたそう」

「ここは、わしに任せていただこう」

言うと団右衛門、着物を脱ぎ捨て下帯一つになると、濠をすいすい泳いで渡った。

水音に気付いた門番が出て来た。

「な、なんだお前は！」

「山賊退治に参った。命が惜しければ、とっとと逃げよ」

「何を小癪《こしゃく》な」

六尺棒で打ちかかったのが門番の因果《いんが》。団右衛門の拳の一撃で、門番はあの世へと旅立った。団右衛門が門を開け、跳ね橋をおろした。

重太郎が着物と棍棒と刀を持って橋を渡った。

跳ね橋をおろす音を聞いて、ほったて小屋から山賊たちが出て来た。

「着物を着ている間がないではないか。仕方がない」

団右衛門は棍棒を受け取ると、山賊たちの中に突き進んだ。

「山賊ども、よく聞け。わしは伊予松山加藤左馬之助の臣で塙団右衛門、今日は山賊退治に参った。覚悟しろ」

何も名乗ることはない。

「岩見殿、ここは任せて、成瀬を逃がさぬよう」

「かたじけない」

重太郎も立ちはだかる山賊を斬り倒し、古寺に向かった。

団右衛門が二、三十人の山賊相手に暴れていると、そこへようやく又兵衛がやって来た。

「なんだ、もうはじまっているのか」

見れば山賊相手に大男が暴れている。

「あれは、塙団右衛門ではないか。山賊退治に来たのは団右衛門か。あいつなら五十人くらいの山賊退治は朝飯前だ。わしの出番はないな」

又兵衛と団右衛門は顔見知りのようだ。団右衛門も又兵衛が来たのに気が付いた。

「後藤殿、少し手伝ってください」

「わしが手伝うには及ぶまい」

「では、奥の古寺に行ってください。そこに山賊の頭がおります。岩見重太郎という者が頭と戦っておりますが、一人は宝蔵院流の槍の遣い手とか。そちらをお願いしたい」

戦いながら団右衛門が言うので、

「槍遣いなら、わしに任せろ」

又兵衛はゆっくりと古寺に向かった。


重太郎が古寺に行くと、古寺の前にも護衛の山賊が五人ほどいた。

こいつらは頭の護衛をするくらいだから、他の山賊より、いくらか腕の立つ奴らだった。

重太郎が五人相手に切り結んでいる。高野弥平次がこの様子を寺の中から見るに、重太郎がきたから驚いた。

まさか重太郎がなんでこんなにところにくるんだ。

「て、典膳殿、あとはお任せいたす」

古寺で、壁も朽ちかけていたので、弥平次は壁を蹴破り、裏へ出た。

五人の護衛を倒した重太郎が逃げようとしている弥平次を見つけた。

「待て！」

声を掛けた重太郎の前に、手槍を手にした典膳が立ちはだかった。

「岩見殿とやら、槍遣いはわしにお任せください」

やっと後藤又兵衛が現われた。

団右衛門の知り合いらしいので、

「お頼みします」

重太郎は弥平次を追った。

重太郎を追おうとする典膳の前に、又兵衛が鉄の槍を構えて動きを止めた。

典膳、どう見ても又兵衛には敵わぬ。これはいかんと古寺に逃げ込んだ。

「待て」

又兵衛は追った。

狭い寺の中では、長い又兵衛の槍より、典膳の六尺ほどの手槍のほうが有利であった。

典膳が繰り出す槍を、又兵衛はかわすしか手はない。

「面倒だ。どりゃーっ」

又兵衛は力一杯槍をふりまわした。

ガラガラガラ。槍の当たった壁が崩れ、同時に寺の天井も落ちてきた。

天井からの落下物をよけようと、典膳が防御の姿勢を取った。今だ。典膳に隙が出来たので、

「えいっ」

又兵衛が一歩踏み出し槍を突き出した。典膳が串刺しになるかと思いきや、さにあらず。

古寺は床板も腐っていた。又兵衛は床を踏み抜いて、落ちた。

体勢を崩した又兵衛は槍を落とした。

「馬鹿め」

足が床下にはさまり、動けなくなり、槍も手放した又兵衛など怖《こわ》くはない。

典膳が槍を繰り出した。二回、三回は突きをかわした。典膳はかなりの遣い手だ。いつまでもよけ切れるものではない。豪傑もついに串刺しか、と思われた時、

「えい！」

団右衛門が飛び込んで来て、棍棒の一撃、典膳の頭を叩き割った。

なんでこんなところに重太郎がくるのだ。

八

弥平次は思った。

思えば、重太郎が川口村の屋敷に現われたのがケチのつきはじめだ。惚れて通った遊女の若浦を重太郎が連れて逃げたと聞いて頭に血が上った。塩巻平蔵が若菜屋の主人を殺し、平蔵の言うままに、殺したのは重太郎だと宇都宮の奉行所に訴え出た。

宇都宮の役人から「しばらく宇都宮に止《とど》まるように」と言われて宿をとって十日目、重太郎が土浦の代官所の役人を斬って逃げたという知らせが入った。気が気でなかった。重太郎が自分を恨んで殺しに来るのではないか。すぐに逃げよう。だが逃げるには路銀がいるから、一度川口村の屋敷へ戻ろう、いや、重太郎は川口村で待ち伏せしているかもしれない。思案していたところに江戸から役人が来たので出頭するように言われた。

「徳川家家臣、大久保長安《おおくぼちょうあん》と申す」

来たのは初老の役人であった。小柄な、頭が禿《は》げ上がり、少ない後髪を無理矢理髷《まげ》にしている。どっかの隠居みたいな男だが、それでいて目つきだけ異様に鋭い。

「高野殿訴えの薄田重太郎、土浦代官所の牢を破り役人を斬り逃走したが、どうも腑に落ちない。そこで高野殿におうかがいしたい」

「な、なんでございますか」

「薄田重太郎が斬った役人の数は三十七名、鉄砲隊足軽三名も重傷を負った。最初に役人は五名の足軽と捕縛に行き簡単に捕らえた。逃げるつもりなら、最初に役人を斬って逃げたはず。高野殿、薄田重太郎とはどのような男か。何故、若菜屋を殺害したのか、そのあたりの仔細《しさい》を今一度お聞かせ願いたい」

「そそそ、それはでございますな。重太郎が若浦という遊女に懸想をいたしまして」

「わしが調べたところ、若菜屋に通い、若浦を口説いていたのは高野殿ではないのか。若菜屋の女たちや番頭が申していたが」

「いや、それは、その……」

「もしや高野殿が若浦を取られた遺恨で、若菜屋主人を殺して重太郎に罪をなすりつけたなどということはありませんな」

こいつはなんなんだ。大久保長安とか言ったが、ただの木っ端役人ではないのか。いちいち遊女屋にまで聞き込みに行ったのか。

「もっとも恋の遺恨ではあるまい」

長安は言った。

「若浦と薄田重太郎は兄妹だという」

そんなようなことを若菜屋の主人が言っていたが、そんな馬鹿な話はあるまい。妹と手に手をとって逃げただと。

「若浦は土浦の代官所で、自分は小早川家の臣、岩見重左衛門の娘つぢと名乗ったという」

「そんなのは嘘です。女郎が小早川様のご家来の娘などということがあるわけがございません」

「うん。土浦の役人もそう思ったらしいが、わしは土浦の百姓、松兵衛の証言も得ている。若浦、否、岩見重左衛門娘つぢは、父兄の仇討ちのために若菜屋にて遊女として仇の行方を探っていた」

長安がじろりと睨んだ。弥平次の背中に冷たいものが走った。こいつは弥平次の嘘を見抜いている。やはり木っ端役人ではないのだ。なんでこんな奴が乗り出して来たんだろう。噂では旧勢力の宇都宮氏を国替えし、下野は秀吉の腹心か、あるいは徳川が治めるかで争っているところらしい。徳川が下野の治安を固めるため、わざわざ切れ者の役人を寄越した。なんと間の悪い時に、塩巻は遊女屋の主人なんか殺してくれたものよ、弥平次は自身の運のなさを嘆いた。

「今、小早川家に問い合わせている。一両日中にわかるであろう。その上で、聞きたいことがある。後日また出頭いたせ」

転がるように奉行所を出た。

とにかく逃げよう。その前に落ち着きたい。酒だ。居酒屋に飛び込んだ。

「どうやら、まずいことになりましたな」

居酒屋に塩巻平蔵がいた。

「土浦の代官が江戸に重太郎捕縛のため捕吏の増員を頼んだところ、あの大久保長安とかいう奴が出張って来たようです」

「どうするんだ」

「とんずらするしかないでしょう」

「とんずら？」

「長安は元武田信玄《たけだしんげん》の臣だったのを、徳川家康に請われて徳川家に仕えたらしい」

なんでそんな奴が、たかが女郎屋の主人殺しに出張って来るんだ。平蔵の言うように「とんずら」、逃げるしかあるまい。

「とんずらには金がいります。高野殿、金はおありか」

川口村の屋敷にはそこそこ財産もある。

そう言ったら、平蔵はにんまり笑った。

その足で、弥平次と塩巻平蔵こと成瀬権蔵は川口村に走り、金目のものをあさった。

「あなた、何をされているのです」

奥方が出て来た。

「逃げるぞ。お前も支度をしろ」

「何を言っているのです？　逃げるって、なんで逃げるんですか、一体どこに……」

そこまで言って奥方は黙った。

「……？」

弥平次がふり返ると、奥方がバッタリ倒れた。

権蔵が小刀で奥方の腹を突き刺していた。

「女は足手まといでござる」

弥平次は何も言えなかった。もはや、権蔵の言いなりになるしかない。次は自分が殺される。

「わしには広瀬軍蔵という頼りになる仲間がいる。悪いようにはしない」

権蔵の狙いは弥平次の金だ。弥平次を殺さなかったのは重太郎と会った時に盾にして逃げるためだろう。いや、重太郎だけでなく、下手すれば大久保長安、否、徳川家からも追われるかもしれないのだ。

逃げた。

そして、道中、北見典膳と会い、弥平次は山賊となった。

弥平次は逃げた。逃げて、逃げた。しかし、重太郎は幼い頃から、山の中を走ることに長けていた。

「助けてくれ」

追いつかれた弥平次は尻餅をついて命乞いをした。

「成瀬権蔵はどこだ」

「そんな奴は知らん」

「インチキ居合術の塩巻平蔵だ」

「塩巻？　葛城山で道場をやっている」

「ここには来ていないのか」

「最初は一緒に山賊をやっていたが、道場が儲《もう》かっているので、ここには来ていない」

　嘘はないようだ。

　ここに逃げ込めば、すぐに重太郎が追って来るだろうから、別の場所に逃げたらしい。

「若菜屋の主人を殺したのは貴様か」

「わしではない。塩巻だ」

「手をくだしたのは権蔵でも、貴様も仲間には違いない。つぎの仇の一人だ」

「お前が悪いのだ。お前が来なければ、わたしは川口村で裕福に暮らしていた。全部、お前のおかげで」

　こやつの話を聞いているだけで我慢がならなかった。こんな奴のために、つぎは死んだのだ。

「えい」

重太郎は横一文字に刀を払い、弥平次の首を落とした。

村雲谷の山賊は、北見典膳以下二十人を団右衛門が討ち取り、高野弥平次以下十人を重太郎が討ち取り、他の者たちは蜘蛛の子を散らすように逃げた。又兵衛が道案内をさせた二人も、麓の茶店の親父も逃げてしまっていた。

ほったて小屋の一つに八人の娘たちが捕らわれていた。娘たちは近隣の者であったが、一人だけ遠方からさらわれて来た娘がいた。丹後宮津の旅籠伊勢屋才助《さいすけ》の娘、お芳《よし》だ。

近隣の娘たちは又兵衛と団右衛門が、宮津のお芳は重太郎が送って行くこととなった。

「今回はわしは出番がなかった」

又兵衛は笑って言った。

又兵衛と団右衛門は旧知で、戦さ場も共にしたことがある。

「これで貸しをひとつお返し出来ました」

団右衛門の窮地《きゆうち》を又兵衛が助けたこともあったのだろう。

いや、又兵衛に助けられたのは、重太郎だ。北見典膳に手こずっていたら、弥平次を逃がしてしまったかもしれない。又兵衛のおかげで、つぢの仇の一人は討つことが出来たのだ。なんにせよ、悪党の頭二人を退治出来たのは三人の協力によるところだ。

「今後は我ら三人は義兄弟だ」

又兵衛が言った。

「まるで桃園《とうえん》の誓いだな」

「誰が劉備《りゆうび》だ？」

「劉備と関羽《かんう》はわからぬが、張飛《ちようひ》は間違いなく又兵衛殿だ」

団右衛門が言ったので、一同は笑った。

第五章　天橋立《あまのはしだて》の対決

一

伊勢屋才助は涙を流して喜んだ。

伊勢屋は丹後宮津の大きな旅籠で、宮津の近くには景勝地、天橋立がある。

天橋立は宮津湾と、内海の阿蘇海《あそかい》を隔てている長さ一里の砂洲で、そこが松林の一本道になっている。浜の丘からは、阿蘇海の先に松林、その先に宮津湾が広がって見えるという絶景だ。戦国の世も終わり、世の中が平和になったので、最近では橋立見物の遊山《ゆさん》客も多く繁盛していた。

才助は五十を過ぎている。二十年くらい前にふらりと宮津にやって来て、薪割《まきわ》りなどの下働きで銭を貯め、三年後に小さな旅籠を開いた。その少し前に女房お豊《とよ》を娶《めと》り、出来た子供がお芳だ。三人は仲睦まじく暮らし、旅籠稼業が遊山客でうまくゆき、まさに順風満帆《じゅんぷうまんぱん》の日々を送っていたのだ。

二ヶ月前、お芳は裁縫の稽古に行くと出掛けたきり、戻らなかった。供の年長の丁稚《でっち》、直吉《なおきち》が一本杉のところで、何者かに殴られて気を失っていたのを町内の人が見つけてくれた。

どうやらお芳はかどわかしに遭ったようだ。

すぐに役人に訴えた。

「身代金の要求がないところを見ると、お芳は美形であるから、かどわかしの犯人に陵辱《りょうじょく》されて殺されたか、どこか他国で遊女屋に売られてしまったのだろう。気の毒だが、仕方がない」

役人が言った。

仕方がないとはどういうことだ？　領国を出てしまえば、役人には手の出しようがないということなのか。

天下は太閤殿下が治められ、平和な世の中になったのではないのか。宮津の領主、中村一氏《なかむらかずうじ》は豊臣家の中老職にある。小田原征伐のあとしばらくは、駿河《するが》の代官も務めていた。

「太閤殿下のご威光で、娘を捜して欲しい」、才助は一氏に何度も手紙をしたためた。しかし、手紙は一氏には届かなかったようだ。「殿は御用繁多《はんた》」、役人からの返事はいつも同じだった。

領民の娘がさらわれた。それを助けることよりも大切な用とはなんだ？　だが、怒ってもはじまらない。ひたすら、目を向けてもらえるよう、頭を下げ続けるしかないのだ。

才助とお豊は諦めなかった。お芳は生きているはずだ。役人の言うように、他国の遊女屋に売られてしまったかもしれない。売られたのなら、買い戻せばいい。才助は人を頼み、京や伏見、大坂、堺、越前の芦原《あわら》、城崎など、遊女屋のある街へ行かせて、お芳を捜した。殿様には何度も手紙をしたためた。お豊は宮津一宮籠神社《いちのみやこの》に日参し祈った。しかし、お芳は見つからなかった。

お芳はもう死んでしまったのかもしれない。そうなれば生きていても仕方がない。首を括《くく》って死のうかとも思ったが、万が一にもお芳が生きていたらと思うと、迂闊《うかつ》に死ぬわけにもいかない。自分たちが死んだあと、帰って来たら。生きていると信じて捜し続けるしかない。

それが今日、岩見重太郎と名乗る武芸者に連れられて帰って来た。

「お芳は、娘はどこにいたのでしょうか」

聞く才助に重太郎は、

「おぬしは聞かぬほうがよかろう。いずれ時期が来れば娘御が話すであろう」

山賊にさらわれ、何日も監禁されていたなどという話は、父親にはしないほうがよかろうと重太郎は思った。

「何かお礼を。とにかく、今宵はお泊まりいただきたく存じます」

「いや、急ぐ旅ゆえ、失礼いたす」

そう言って、重太郎は表に出た。

いたたまれなかった。

助け出した娘たちは、はじめは、重太郎たちにも怯《おび》えていた。

後藤又兵衛という男は、いかつい豪傑の形《なり》をしているが、意外に根は優しい男なのだろう。心根が通じる、というのはある。又兵衛には娘たちが次第に心を開き、自分たちの家のことを話し始めた。

他の娘たちは、大和、河内の百姓の娘だったので、又兵衛と団右衛門が送って行った。お芳だけが宮津からさらわれて来たらしい。重太郎は広瀬軍蔵の手掛かりを今一度、城崎の玉屋庄七に聞こうと思った。城崎へ行くならと、お芳は重太郎が送って行くことになったが、道中、お芳は一言も口を利かなかった。

山賊に捕らわれていた二ヶ月間は恐怖と屈辱《くつじょく》の毎日だったのだろう。

折角戻ってきたが、娘は昔の娘ではないのだ。

これからの両親の苦しみ、娘の苦しみを思うと、「助け出されて、よかった」とは言えまい。

いっそあの小屋で娘たちを斬り殺してしまったほうがよかったのではないか。親たちには「山賊に殺された」と伝えれば、静かに菩提《ぼだい》を弔って、生きてゆかれたかもしれない。

おそらく、親と娘には、この先、修羅の日々しか待ってはいない。いたたまれない思いから重太郎は伊勢屋を辞した。そして、居酒屋へ飛び込んだ。

「伊勢屋の娘が帰って来たって話だぜ」

「伊勢屋の娘って、確か本町小町と言われていた？」

「その伊勢屋の娘だがな」

町人たちの噂話が聞こえた。

「二ヶ月神隠しにあっていたと言っているが、実は山賊にさらわれて囚われていたんだ」

「山賊に囚われていたって、どうやって戻ったんだ？」

「なんたらっていう豪傑が助け出してくれたそうだが」

「よかったじゃないか」

「よかねえよ。豪傑も余計なお世話だぜ。二ヶ月、山賊に囚われていた。無事に戻ったわけじゃあるまい」

「えっ？」

「あれだけ器量がよくて、伊勢屋の財産があったって、あの娘の婿《むこ》になろうって男はいねえだろうよ」

「なんで？」

「なんでって、お前、二ヶ月、山賊に囚われていたんだぞ。つまり……」

これ以上、この男の話を聞いていられなかった。

重太郎は話をしていた町人の目と目の間を殴った。もちろん、力はかなり加減をしたが。町人は三間ほど飛んで気を失った。

「ひえーっ、お助け」

話していたもう一人の町人は腰を抜かした。

「旦那様、な、何をなさいます」

居酒屋の親父がすりこぎを手に出て来た。それで重太郎と戦うと言うのか。

「すまぬ。許せ」

重太郎は銭を机の上に置いた。

「膏薬代《こうやく》だ」

そう言うと、店を出て行った。


宮津の町はずれに、小さな地蔵堂があった。

その中に二人の男がいた。

村雲谷で、北見典膳と高野弥平次の手下だった男で、あの夜、塙団右衛門の棍棒から逃れた者たちの中の二人だった。

「俺はどうしても、あのお芳って女の肌が忘れられねえのよ」

「嘉吉《かきち》兄ィ、お前はスケベな野郎だな」

「源公《げんこう》、スケべで悪いか」

「別に悪くはねえけれどよ。へへへ」

源公と呼ばれた男は下卑た笑いで嘉吉と呼ばれた男を見た。

「いいか、源公、あの女は丹後宮津の大きな旅籠、伊勢屋の一人娘だってえ話だ。俺たちで押し込みに入り、娘をまたさらって、一家は皆殺しにして、それで銭函《ぜにばこ》の中の銭をそっくりいただこうって話よ」

「うまくゆくかな」

「なんか心配でもあるのか」

「娘を送って行った岩見重太郎って野郎も相当強かったぜ。伊勢屋じゃ、お礼にってんで、重太郎を泊めるよ」

「まぁ、旅籠だしな。部屋はいくらもある」

「あいつがいたら押し込みなんて出来ないよ」

「だから、ここを塒にしたんだ。今、三助《さんすけ》に伊勢屋を見張らせている。重太郎が帰るまで、しばらくここで待つしかあるまい」

「俺たちは一文なしだぜ。帰るまで見張るって、それまで飯はどうする？」

「辛抱しろよ。三、四日もすれば帰るだろう。伊勢屋の銭函だ。少なくとも百貫はある。それをいただいたら、なんでも好きなものが食える」

「でも腹が減ってしょうがない。俺は近所の百姓家から芋でも盗んで来るよ」

「馬鹿野郎、芋で足がついたらどうするんだ。三、四日のことだ。辛抱しろ」

「でもよ」

「百貫あったら、お前に三十貫くれてやる。俺はお芳を連れて行く。お前と三助は三十貫を懐に城崎でも芦原でも好きなところに行って、いい女をさんざん抱けるって寸法だ。だから、三、四日は辛抱しろ。いいな」

源公は不満気だった。明日の三十貫よりも、今、なんか食いたい。だが、兄貴分で力も強い嘉吉には逆らえない。まぁ、いいや。嘉吉も一晩中起きてはいまい。真夜中になったら芋泥棒に行こう。

そこへもう一人、手下だった三助と呼ばれた男がやって来た。

「伊勢屋に岩見重太郎はいないぜ。娘を届けたら、すぐに帰った。狙《ねら》うなら、今だぜ」

三助の報告を聞き、嘉吉はお芳の体を思い出したのか、鼻の穴をふくらませて「ぶひひ」と笑った。

これは案外早く、飯と酒と女にありつける。銭さえあればこいつとは縁切り、これで嘉吉の薄汚れたスケベ面《づら》は見ずに済む、と源公は思った。

重太郎は酒屋で五合徳利《どっくり》を買うと、木賃宿でチビチビ飲んでいた。

やはり、辛《つら》かった。

せめて重太郎の口から、伊勢屋の主人にはっきり告げたほうがよかったのではないか。町の人の噂話にもなっている。尾ひれをつけた噂が主人夫婦の耳に入れば、もっと辛い思いをするだろう。

五合徳利はすぐ空になった。もう一度、伊勢屋を訪ねてみよう。

もう夜中、四つ（午後十時）を過ぎていた。

伊勢屋の表戸が少し開いていて、灯りがもれていた。旅籠だから、夜中に来る客のために少し開けておくのか。いや、様子がどうもおかしい。

二

お芳は久しぶりに温かい布団で寝た。

山賊のほったて小屋は地獄だった。板敷きの部屋に女が八人、雑魚寝《ざこね》状態。厠《かわや》もなく、小屋の裏に掘った穴で排泄《はいせつ》した。それを遠目で山賊どもに見られながら。だから、昼間は排泄をただ我慢した。

そのうち八人が七人、六人になることもあった。山賊に斬り刻まれたのか、どこかに売られたのか。ここでこのまま暮らすなら、斬り刻まれたほうがましかと思った。だが、誰かが連れ去られる時は、いつも恐怖だった。そして、また、いつか、七人になり八人になる。またどこからか娘がさらわれて来るのだ。何日経ったかなんてわからない。ある日、髭面の武芸者が入って来た。

「助けに来たぞ」

小屋から出ると、そこにはお芳を嬲《なぶ》りものにした男たちの骸がころがっていた。

「お前は百姓の娘ではないな」

又兵衛殿と呼ばれている男が言った。

「どこの娘だ。名を申せ。親のところへ送ってやるぞ」

又兵衛殿の声は、野太いが優しい響きがあった。「帰れる」「お母さん、お父さんに会える」、お芳の中に光明が射した気がした。又兵衛殿は髭だらけの顔でのぞきこんだ。下がった目尻、その瞳の奥が澄んで微笑《ほほえみ》を放っていた。

「丹後宮津の伊勢屋才助……」

思わず答えてから気がついた。

今さら。

今さら、丹後に帰って、どうするというのだ？

私は……、私は、もう才助とお豊の娘のお芳ではない。

何者でもない。もう人間ですらないかもしれない。ただの塊《かたまり》だ。

「殺して」

お芳はつぶやいた。

「今は死にたいと思っても、いずれは生きていてよかった、と思う日が来る。死んではならぬ。辛抱せよ」

又兵衛殿はそう言って微笑んだ。髭面の男の顔に、何故か心が穏やかになった。死神が席をはずしたのか。でもすぐに戻って来る気もした。

重太郎殿とか、狒々退治殿と呼ばれている男がお芳を送ってくれた。

「一刻も早く丹後に」

団右衛門殿と呼ばれている男が、狒々退治殿に銭を渡した。

狒々退治殿は「疲れたか」「腹は減ってないか」と声を掛けてくれたが、お芳は黙って、ただ歩いた。親切なお武家だと頭ではわかっている。しかし、やはり怖かった。ホントに宮津に連れて行ってもらえるのだろうか。

吉野街道から駕籠に乗った。泊まりは、木賃宿の煎餅《せんべい》布団にくるまったが、人の寝るところで寝られたと思った。

三日で宮津に戻った。

「いずれ時期が来れば娘御が話すであろう」

狒々退治殿は父にそう言い立ち去った。

父に話す日など来ない。だが、父も母も、お芳がどのような目に遭わされたかは、なんとなくはわかっているのだろう。

父の顔を見るのが苦痛だった。

また死神がお芳のほうをふり返った。

父も母も優しかった。

温かい米のご飯を食べ、布団に寝たら、心が落ち着いた。帰って来た。このまま眠ったまま死ねたらいい。

真夜中に目が覚めた。

「娘はどこだ」

一番聞きたくない男の声を聞いた。何度もお芳を嬲りものにした、嘉吉という男の声だ。なんでだ。なんで嘉吉の声がするのだ。

お芳を連れ戻しに来た。あの男に見つかる前に、なんとしても私は死のう。

「お嬢様」

板戸の向こうから、か細い男の声がした。

誰？

「今度こそ、命に代えて、お守りします」

か細いけれど、何か安らぐ声だった。

もしかして。お前は……。


賊は店に入って来るなり、番頭を斬り殺した。

才助が飛び出した。

「客と奉公人には手を出されるな。銭函の銭は持って行くがいい」

「もちろん、銭はいただく。あと、娘も連れて行く」

賊の親分格の嘉吉が言った。

「娘は渡さぬ」

才助の声は毅然としていた。

「渡さぬというなら構わぬ。客も奉公人も皆殺しにして、娘を連れ去るまで」

賊も負けてはいない。三人いて、山刀を手にしている。丸腰の才助一人、恐れるには足りない。

「まず爺いから片付けろ」

嘉吉が言い、源公と三助が山刀で才助に斬りつけた。

宿屋の親父が血達磨《ちだるま》になる、と思われたが違った。

才助は源公の山刀をかわすと、羽織を脱ぎ、三助の頭にかぶせた。いきなり視界を奪われた三助の腹を才助は力一杯蹴り飛ばした。三助はのけぞり倒れ、手から山刀が落ちた。才助は山刀を拾い、ふたたび襲って来る源公の山刀を受けた。

才助は剣術の心得があるようで、源公の山刀を受けつつ、自分に有利な位置を取った。次の山刀を受けたら、攻撃に転じる。

宿屋の親父が強い。これはまずい。嘉吉は思った。

「何をもたもたしている」

嘉吉が後から斬り付けた。才助はそれもかわしたが、二対一で敵を相手に出来る腕はない。才助は追い込まれていった。

「親父、生兵法《なまびょうほう》は怪我のもとだ」

嘉吉が言った。

「なまじ刃向かったばかりに、一足先に地獄へ行ってもらう。刃向かわなくても、半刻後には地獄行きだがな」

二度三度、嘉吉の山刀をかわした。だが、次の一撃で、才助はやられる。

その時、鉄扇が飛んで来て、源公に当たった。源公が倒れた。

才助と嘉吉が対峙、上段からふりおろす嘉吉の山刀より一瞬早く、才助が懐に飛び込んだ。

「えい！」

嘉吉の腹に、才助の山刀が突き刺さった。生温かい返り血を浴びた。

飛び込んで来た重太郎が、源公と三助を斬り伏せた。

「賊は倒した。安心されよ」

重太郎の声に、隠れていた客と奉公人が顔を出した。

お豊とお芳も出て来た。

お芳は父の手から山刀を奪い、まだ少し息のある嘉吉の喉に突き立てた。

すさまじい返り血をお芳も浴びた。

「主人殿は剣術の心得《こころえ》がおありか？」

「いいえ。ただもう無我夢中で」

「まさか賊の残党が、宮津まで来ようとは。こんなことなら、こちらに泊まるのだった。番頭殿は気の毒なことをした」

「長く勤めてくれていた者です。手篤く葬ってやることにします」

重太郎は悔やんだ。おそらく、賊に後をつけられていたのだ。娘のことが気になり、賊に気がつかなかった。ただただ、自らの落ち度を悔やみ、重太郎は番頭の骸《むくろ》に手を合わせた。

「お役人を呼んで参りました」

丁稚の直吉が戻って来た。

検視役人の渋川清左衛門《しぶかわせいざえもん》がやって来て、重太郎と才助から事情を聞いた。

「では、賊の一人を伊勢屋が、二人を岩見殿が倒されたのだな」

「左様にございます」

才助が答えた。お芳が嘉吉にとどめを刺したことは、役人には言わないことにした。

「すぐに上役に報告いたします。明日には城より使いが参り、殿よりお褒《ほ》めのお言葉がいただけるはず」

渋川が言うのを、

「いや、某は仇を捜す旅の途中、明日には城崎に参りたい。今度のことは、すべて伊勢屋のご主人の手柄にしていただきたい」

　重太郎は言った。

「そうは参りません。相応の褒美《ほうび》も出るはず」

「それも伊勢屋殿に」

「褒美がいただけるのなら、町の治安のためにお使いいただきたい」

　才助が言った。

　褒美などもらってもなんにもならない。二度とお芳のような娘を出さないようにして欲しいというのが才助の願いだ。

「上役と相談いたします」

　渋川は答えた。

「それはそれとして、是非、岩見殿は城に来ていただきたい。我が殿、中村一氏は武芸好き。その腕を買われれば仕官の道も開けますぞ」

「さきほども申した通り、私は仇を捜す旅の途中でござる」

「残念です。私の上役は腕を買われて、新規で二百石で雇われた」

「ほう。それは最近のことでござるか」

「二ヶ月前」

二ヶ月前とは。確か、成瀬権蔵が葛城村で道場を開いたのも、その頃ではなかったか。もしや……。

「失礼ですが、その新任の上役の名はなんと申される」

「広瀬軍蔵様でござる」

「何！　広瀬軍蔵だと？」

「はい。広瀬軍蔵様が手前の上役、目付役にございます」

思わぬ名前を聞いた。なんと、捜していた仇、広瀬軍蔵が丹後宮津、中村家で目付役に就《つ》いていたというのだ。

「広瀬様は東軍流兵法の師範、当家の宿老、大倉玄蕃《おおくらげんば》様のご推挙で、目付役、破格の二百石で召し抱えられました。今は別の者が指南役ゆえ、とりあえず目付役になりましたが、近いうちに広瀬様が指南役になられるでしょう」

「広瀬は一人で仕官いたしましたか。供の者はおりませんでしたか」

「供はお二人」

「一人は片腕の男では」

「いかにも、小谷鉄蔵殿と申す。片腕でも頭の切れる方で」

頭が切れる。まさにすべての奸計を仕組んだのは小谷鉄蔵である。掛川堤でとどめを刺さなかったのが悔やまれたが、小谷が供にいるからは広瀬軍蔵に間違いはない。

「先頃、もうお一人、成瀬権蔵殿という、居合の達人が広瀬様を頼って参っております」

渋川が言った。

やはり。葛城村から逃げて広瀬を頼ったのだ。

待て。広瀬軍蔵が宮津に来たのは二ヶ月前。

お芳がさらわれたのも二ヶ月前。もしやその時、広瀬軍蔵と一緒に成瀬権蔵と高野弥平次が来て、高野がお芳をさらった。他の女たちが大和や河内の村からさらわれて来ていたのに、お芳だけが遠い宮津からさらわれて来たのも合点がゆく。成瀬と高野は宮津を去って、高野は北見典膳を頼り村雲谷へ行ったのだ。才助が役所に訴えても動いてくれなかったのは、広瀬軍蔵が目付になっていて、成瀬たちを庇っていたとしたら。

「渋川殿、私を目付殿の屋敷にお連れ願えませんか」

広瀬軍蔵の顔は知らないが、成瀬権蔵と小谷鉄蔵の顔は知っている。葛城村から逃げた成瀬権蔵は広瀬のところに逃げ込んだ。成瀬がいれば、目付は広瀬軍蔵に間違いはない。

今から四人まとめて斬り捨ててくれよう。父、兄、妹、五郎兵衛、それから、花垣泰助の仇を討つのは今ぞ。

「一体、何ごとでござる」

重太郎は渋川清左衛門の目をじっと見た。

長い旅で、少しは人を見る目も養われている。渋川清左衛門は清廉な若者のようだ。

「渋川殿、実は」

重太郎は自らの身分と、広瀬軍蔵ら四人を仇と追っている話をかいつまんで話した。

「そんな馬鹿な」

渋川は驚いた。

「確かな話でござる。広瀬軍蔵は父、兄を殺し、成瀬権蔵は奸計をもって、妹を自害に追い込んだのでございます」

「お待ちください」

渋川が言った。

「岩見殿の話はよくわかりました。だが、この宮津の地で果たし合いをなされ、大事な家臣を四人殺されては、中村家も黙ってはおられません。しかし、我が殿は悪党を匿《かくま》うような方ではありません。私から老職に報告して、しかるべき形で、仇討ちをなされるよう取り計らいます。それまでお待ち願いたい。何卒、お頼みいたす」

確かに。新規とは言え、家臣四人を殺されては、中村家としては面目を潰される。黙ってはいられない、というのはわかる。無理矢理屋敷に押しかければ、広瀬を討ったあと、中村家の家臣たちと刃を交えることになる。仇が目と鼻の先にいて討てぬのは悔しいが、仕方があるまい。ここはこの若い武士に託そう。

「わかりました。この場は渋川殿にお任せいたす」

重太郎は若き清廉の武士に頭を下げた。

三

「その岩見重太郎は何者であるか」

中村一氏は言った。

奉行の尾野上小源太《おのうえこげんた》は渋川清左衛門の報告を聞くと、急ぎ一氏に言上《ごんじょう》した。

「はっ。筑前名島の領主、小早川隆景様の臣、戸田流剣術指南、岩見重左衛門の次男であると申しております」

小早川隆景と聞いて、一氏は嫌な顔をした。

聞きたくない名だ。

九州征伐のおり、隆景に手柄を横取りされた。その後、小田原攻めで手柄を立てたので、今は十万石の領主となっているが、あの時、隆景に手柄を奪われなければ、今頃は二十万石、いや、石田三成《いしだみつなり》や増田長盛《ましたながもり》と並んで豊臣家の奉行職になっていたかもしれないのだ。

「玄蕃、どう思う」

一氏は控えていた宿老、大倉玄蕃に聞いた。

「殿に申し上げます」

玄蕃がかしこまって言った。

「広瀬軍蔵は某《それがし》が見出した逸材、岩見某と刃を交えても、よもや負けることはありません。されど、謂《いわ》れなき仇呼ばわりは、はなはだ迷惑。すぐに役人を走らせ、岩見なる者を捕縛、市中を騒がし、藩士を愚弄《ぐろう》した者として死罪になさるがよろしいかと存じます」

「左様か」

一氏はにんまり笑った。一氏は玄蕃の性格はよくわかっている。おそらく広瀬軍蔵より賄賂をもらい推挙した。だから、広瀬が使える奴だから、重臣に取り立てれば、自分の権力拡大にも役立つ。だから、広瀬を守りたいのだ。それに、岩見重太郎が真実、小早川の臣なれば、これを斬れば、小早川隆景に一泡吹かせられる。それで一氏の機嫌がよくなることもわかっているのだ。

「よし、すぐに岩見重太郎を捕らえて首を打て」

「お待ちください」

尾野上小源太が止めた。

「小早川家の世継ぎは、太閤殿下に縁ある秀秋様、小早川家の者を斬れば、太閤殿下の覚えが悪くなります」

それも一理ある。秀吉の機嫌をそこねたくはない。だが、小早川隆景に一泡吹かせられないのは、なんとも悔しい。

「なれば」

玄蕃が言った。

「広瀬軍蔵には申し訳ないが、岩見重太郎を城に招き、殿の御前で仇討ちをさせましょう。何、広瀬軍蔵の腕をもってすれば返り討ちでございます」

返り討ちか。とにかく小早川の家来をやっつければ溜飲は下がる。それでも、よしとするか。

「も、申し上げます」

口をはさんだのは、中老の鈴鹿主水《すずかもんど》だ。

「岩見重太郎という名に聞き覚えがあります。確か、闇討ちに遭った折、その場で十八人を斬り伏せたという噂、また、信州では狒々なる怪物を退治したとも。噂には尾ひれがつくとは言え、かなりの達人には違いありません」

「鈴鹿、貴様は広瀬が岩見重太郎に負けると申すか」

「いいえ。しかし、相当強い奴でございます」

「なれば、広瀬軍蔵は中村家家臣、中村家から使い手二十人を広瀬の助太刀に出そう。広瀬の手下の三人、二十四人で戦えば、負けることはあるまい。殿、いかがで」

「それはよい考え」

一氏が言った。

「二十四人で一人を、それは卑怯《ひきよう》」

尾野上が言った。

「貴様、殿に対して卑怯とはなんだ！」

玄蕃は尾野上を一喝した。

「私は大倉様に申している。一人の者に二十四人、卑怯以外の何物でもござらぬ」

尾野上も負けてはいなかった。

「今、殿は某の考えを、よい考えと申された。貴殿の発言は殿に対して申したのだ」

「尾野上、余を卑怯とは聞き捨てならん」

今度は一氏の頭に血が上った。

「殿、私はものごとの道理を言ったまで。一人二人の助太刀ならともかく、二十四人は卑怯であると」

「うるさい！」

一氏は小姓の手から太刀を取ると、有無を言わさず、尾野上を斬り捨てた。

「ということで、二十人助太刀を出すので、安心いたせ」

玄蕃は広瀬軍蔵、大川八左衛門、成瀬権蔵、小谷鉄蔵の四人を城中に呼んだ。広瀬軍蔵の顔色が変わった。軍蔵は重左衛門、重蔵と刃を交えているが、とてもではないが勝てなかった。重太郎は二人よりも腕が勝ると聞いている。事実、成瀬権蔵は土浦で、重太郎が五十人はいた捕吏の手から逃げたのを見たし、葛城村では五人の門弟が一瞬に倒されていた。

「なんだ、二十人では不足か」

玄蕃は呆れた。

「では、三十人、いや五十人ではどうだ」

言ってから、それはまずいと思った。

城内は玄蕃の息のかかった者ばかりではない。

玄蕃とは対立関係にあるもう一人の宿老、中村采女《うねめ》が黙ってはいないだろう。

采女は中村家の一門衆の長老でもある。

今も采女は、一氏が尾野上を斬ったことで登城し、一氏に意見をしている。

あの爺いに言われると、殿も弱腰になる。

広瀬軍蔵のために、必要以上に采女と対立はしたくない。采女は高齢だから、いずれ死ぬ。それを待っていればいいのだ。

仕方がない。広瀬軍蔵を見捨てるか。腕の立つ浪人なら、他にいくらでもいる。賄賂ももらったが、それはそれだ。仇持ちだとは知らなかった。何も広瀬軍蔵にこだわることもない。

「なれば広瀬、今宵のうちに逐電せよ」

闇にまぎれて逃げちまえば、あとは関係ない。

「そんな大倉様、なにとぞ、お助けください」

広瀬は言った。

四人に頭を下げられると、見捨てるのも可哀想に思えた。

「助っ人には、中村家の中でも遣い手の者を出そう。それでなんとかしろ」

その時、部屋の襖が開いた。

「二、三十人の助太刀では、岩見重太郎には勝てますまい」

入って来たのは、玄蕃の一人息子、五郎次《ごろうじ》だった。

「三千人の助太刀ではいかがでござる」

伊勢屋には渋川清左衛門がいた。

「申し訳ござらぬ」

清左衛門は重太郎に頭を下げた。

清左衛門は、奉行の尾野上小源太が一氏に斬られた話をした。

広瀬らは目付屋敷を出て城内に匿《かくま》われてしまっている。

「城へ行ってはなりません。二十人の助っ人と広瀬ら四人の、二十四人であなたを迎え討つと申しております」

「渋川殿、お知らせいただき、かたじけない。たとえ、敵が何人助太刀を用意しようと、私は城に参ります。そして、広瀬軍蔵を討たねばならないのです」

重太郎の決意は固いようだ。

その決意で二十四人くらいなら斬り伏せてしまうような気がした。

その時、馬の蹄《ひづめ》の音が聞こえた。

「岩見重太郎殿はおられるか」

声を掛けたのは、二人の供を従えた大倉五郎次だった。

「私が岩見重太郎だ」

重太郎が外に出ると、五郎次は馬上から、大声で怒鳴った。

「岩見重太郎殿、よく聞かれよ。中村家においては、十二月二十二日に、天橋立において、藩主中村一氏以下三千人の兵による軍事訓練を行う。その折、貴殿が仇と狙う、広瀬軍蔵、大川八左衛門、成瀬権蔵、小谷鉄蔵を同道させるゆえ、仇を討たれるがよろしかろう」

「かたじけない」

重太郎は一礼した。

中村家で仇討ちの場を作ってくれるというのか。

「ただし、広瀬ら四名は中村家の家臣。みすみす討ち取られては、中村一氏の恥辱となる。そこで三千の兵をもって、広瀬ら四名を守る。岩見殿も心して参られよ」

場は作る。しかし、やすやすとは討たせない。中村一氏は家臣を見捨てるような真似はしない。藩をあげて、広瀬軍蔵の助太刀をすると言うのだ。

陣幕を張った仇討ちの場に、重太郎一人に対し、二十人、三十人の助太刀を出すのは卑怯。だが、中村家の演習場で、家臣に危害を加える狼藉者がいるなら、それを全員で守る、という理屈だ。

これを聞いて、渋川清左衛門が飛び出して来た。

「三千人で！　何をお考えだ」

「渋川、貴様、岩見殿に助太刀してもよいぞ。ただし、藩を辞して参られよ。殿の恩義に逆らう不忠者として、一緒に討ち取ってくれる」

そう言うと、五郎次は馬を蹴立てて帰って行った。

「どういうことです」

才助が心配して出て来た。

「殿は奸臣《かんしん》に惑わされている」

清左衛門が言った。

「岩見殿は三千人相手に戦わねば、仇が討てない。そんなのは無理だ。お逃げなされ」

「いや、逃げるわけには参らぬな」

大倉五郎次は街中で堂々と、「仇討ちをしてもよい」と重太郎に言ったのだ。多くの人がそれを聞いている。重太郎が天橋立に行かなければ、仇討ちは諦めたことになる。

「伊勢屋殿、今日は何日？」

「十二月の三日でございます」

「あと二十日ある。このあたりに腕のいい刀の研《と》ぎ師はおらぬか。あと、鍛冶屋《かじや》を世話して欲しい。鎖帷子《くさりかたびら》を注文したい」

「そのようなことは造作《ぞうさ》もありません」

　才助は言った。

「渋川殿、貴殿は帰られよ」

　重太郎は言った。

「助太刀は無用。不忠者のそしりは受けぬよう願いたい」

「岩見殿！」

「貴殿のご厚情には感謝いたす」

　重太郎は頭を下げた。

「私は中村家の家臣。もしかしたら天橋立で、あなたと刃を交えることになるやもしれません」

「その折は正々堂々と」

　重太郎は言ったが、この清廉な若者を斬りたくないと思った。

「御免」

　若者は走り去って行った。

三十日で、出来ることをやろう。仇は広瀬軍蔵ら四人。なるべく中村家の者と刃を交えず、討つ方法はないものか。

四

塙団右衛門は備前岡山《びぜんおかやま》にいた。これより四国に渡る船に乗る。船の時間まで、茶店の床机に腰をおろし、チビチビと酒を飲んでいた。

近くで飼われているのだろう。山羊《やぎ》が一匹、団右衛門にすり寄ってきた。

「かわいい奴よのう」

山羊は「めえ」と一声鳴き、うるんだ目で団右衛門を見た。

酒の肴に注文した豆はとっくに食べてしまっていた。山羊にやるものは何もない。

弱ったな。

そうだ。山羊は紙を食らうという。さっき、船に乗ったら退屈しのぎで読もうと買ったかわら版があった。どうせたいしたことは書いてないだろうから、これを山羊にやろう。

団右衛門が懐からかわら版を出すと、そこに「岩見重太郎」の名があった。

「岩見重太郎？」

読もうと思ったら、パクリ。山羊がかわら版を食べてしまった。

「あー、お前、それを食べちゃ駄目だ。大事な義兄弟の名前が……。岩見重太郎が一体どうしたというのだ。あー、弱った。そうだ。さっきの、かわら版売りだ」

「船が出るぞーっ」

船頭の声がしたが、四国に渡るのは明日でも構わない。

街に戻ると、目に付いた居酒屋に飛び込んだ。かわら版売りがいた。鼻の頭が赤かった。酒飲みに違いない。居酒屋を探せば見つかると思ったら、すぐにいた。

「おい、かわら版屋」

団右衛門の声が大き過ぎて、かわら版屋は醬油《しょうゆ》樽からころげ落ちた。

「だ、旦那、何事で」

「さっき、かわら版を売っていたのは、お前か」

「左様で。ですが、もう全部売り切れでございます」

「何、売り切れだと！」

「全部売れて、一杯飲んでいるところでございます」

「あのかわら版には何が書いてあった？」

「あれま、お武家様は字がお読みになれないので」

「字が読めぬのではない。読もうと思ったら、山羊に食われた」

「山羊に食われた？　そいつは、めえわく、な話です」

「山羊の鳴き声と迷惑を掛けたのか」

「左様で」

「そんなことはどうでもよい、何が書いてあったか教えろ」

「うーん……」

かわら版売りは、なにやらもの欲しそうな目で団右衛門を見た。

酒か。

「おい、親父、一合飲ませてやれ」

「飲ませていただければ話します」

調子のいい奴だった。

「早く話せ」

「筑前名島に岩見重太郎って豪傑がおりましてな」

「それはわしの義兄弟だ」

「旦那の義兄弟？　どんなお方か詳しくお聞きしたい」

「わしが話してどうする。ことと次第によっては聞かせてやるから、お前が知っている岩見重太郎の話を早くいたせ」

「へえ、この人は父兄の仇、広瀬軍蔵という悪い奴を捜して旅をしておりました」

「そんなことは知っておる。兄上、重蔵殿の死を看取ったのはわしじゃ」

「それはますますお話を聞かせていただきたい」

かわら版屋はネタになると思ったのか、いちいち団右衛門の話を聞きたがった。

「いいから、もう一合買うから、つづきを早く話せ」

「いや、私がご馳走しますから、話を聞かせてください」

かわら版売りの態度が変わったが、

「話はいくらでも聞かせてやる。今は、あのかわら版に何が書いてあったのかを話せと言っているのだ！」

団右衛門が怒鳴った。

「お、お話ししますよ」

これは怒らせると面倒だ、とかわら版売りは思った。

「その岩見重太郎、丹後宮津でめざす仇、広瀬軍蔵と巡り合い」

「おーう‼　仇に巡り合えたか。よかったよかった」

「それがよくないんでございますよ」

「なんだ、よくないとは」

「丹後宮津の城主、中村一氏様が広瀬軍蔵をかくまいましてな、三千の兵で助太刀、十二月二十二日に天橋立で、岩見重太郎と三千の兵が果し合い」

「待て。なんだ、その三千の兵と果し合いとは！」

「いくら豪傑でも相手は三千、斬り刻まれてしまうでしょうな。ははは」

「おのれ、笑いおったな。許さんぞ」

「勘弁してくださいよ。中村一氏って大名が悪い奴に味方するんだ」

なんと義兄弟がそんな窮地《きゅうち》に陥っていようとは。

「おい、今日は何日だ」

「十二月の二十日です」

「あと二日ある。馬を飛ばせば丹後宮津に行かれるだろうか」

「旦那、見物に行かれるんですか」

「馬鹿者、助太刀に行くのよ」

「どっちの？」

「三千人に味方してどうする。義兄弟、岩見重太郎の助太刀だ」

「こら、凄いのが出て来た。命知らずにも程《ほど》がある」

「おい、親父」

団右衛門は荷物から、銭の束、一貫文を机の上に置いた。

「酒を一升、にぎり飯を一升、用意しろ」

そして、もう一貫文、銭を出し、かわら版売りに渡した。

「お前、すぐに馬を用意しろ！」

「詳しい話をうかがいたい」

「話なら宮津へ来い。仇討ちのあと、いくらでも話してやる」

「そんな。宮津に行ったら、岩見も旦那も殺されたあと」

「いいから、馬だ。早くしろ！」

「へ、へい」

団右衛門の勢いに、かわら版売りは外へ走った。

一升酒を徳利に入れ、にぎり飯一升ぶんを背中に背負うと、かわら版売りが引いて来た馬にまたがる団右衛門。

後藤又兵衛はこのことを知っているのか。どっかで酔い潰れて知らない、なんていうことがあるかもしれぬが、重太郎と俺に運があれば、気付いて駆けつけてくれるだろう。

「世話になったな」

「旦那、酔狂もほどほどになさいませ」

「おう。あと、ひとつ聞きたいことがある」

「なんでございますか」

「丹後宮津はどっちのほうだ」

かわら版売りが指差すと、

「かたじけない」

団右衛門は北東に馬を飛ばした。

かわら版売りと山羊が団右衛門を見送った。

小早川隆景は、伏見の小早川屋敷で病の床にあった。

もう死期が近いこともわかっていた。

そこへ、岩見重太郎が天橋立で、広瀬軍蔵と果し合いをするという知らせを聞いた。喜んでいたら、なんと丹後宮津の領主、中村一氏が三千の兵で広瀬の助太刀をするという。

「飛驒はおるか」

小早川家の宿老で、重太郎には舅《しゅうと》に当たる鳴海飛驒守が供として来ていた。

「殿、いかがなさいました」

「飛驒、今、小早川屋敷には何人の侍がいる？」

「郎党、足軽を入れますれば二百はおります」

「二百いれば十分、わしが指揮をする。すぐに天橋立に参り、中村一氏の三千を蹴散らしてくれよう」

「殿、それはなりません」

飛驒守は毅然《きぜん》と言った。

小早川の精鋭二百がいれば、丹後宮津の三千など恐れるには足りぬが、小早川が軍を仕立てて天橋立に繰り出せば、小早川と中村の戦さである。豊臣秀吉が天下を治めている今、豊臣家の家臣同士で戦さなどは出来ない。

小早川家は隆景が死ねば、秀吉の縁に繋がる秀秋が当主になるとしても、家臣同士戦さを起こせば罪に問われる。小早川家が罰を受けるだけで済めばいい。それを口実に、本家の毛利家もなんらかの罪に問われることになる。隆景にそれがわからぬわけはない。

むしろ飛騨守が今すぐ天橋立に行きたいところだ。いくら重太郎でも三千の敵を相手では勝てぬ。重太郎はかわいい娘の夫であり、孫の父親なのだ。だが小早川家の宿老の立場ではそれは出来ない。

今はただ、重太郎の無事を祈るしか、飛騨守には出来ないのだ。

「なれば飛騨よ。わしが伏見城へ行き、太閤殿下にお目通りをする」

隆景は言った。

「なんとしても中村一氏に兵を引かせ、岩見重太郎と広瀬軍蔵、尋常の勝負をさせたい」

「殿……」

焦燥し切った隆景は、秀吉に会うどころか、起き上がることすら、もう出来なかった。

広瀬軍蔵を小早川家に雇い入れたのは秀秋、その軍蔵が岩見重左衛門を闇討ちした。すべては、養子の秀秋の愚《ぐ》が招いた。その責任を負うことも、今の自分には出来ない。

「飛騨、わしの代わりに……」

そこまで言うと、隆景は意識を失った。

伊勢屋は店を閉めた。

「いいか。十二月二十二日まで、我ら家族が岩見様のお世話をするんだ。よいな」

才助が言った。

「お芳、辛いことがたくさんあったろう。だが、忘れろ。お前の命の恩人、岩見様のお役に立つことだけを考えよ」

お芳は何も考えずに、重太郎の身の回りの世話をした。

働いていれば、その間は地獄の日々が忘れられると思った。

だが、飯の給仕と掃除くらいで、あとはとくにやることもなかった。

才助は、荷車を引いてどこかに行った。そして、大量の竹を載せて戻ってくると、離れに籠って黙々と何かをはじめていた。

五

伊勢屋の丁稚、直吉は二ヶ月前、お芳の供をしているところを数名の男たちに襲われた。うち二人は武士だった。なすすべなく直吉は打ち据えられた。男たちはお芳をさらって逃げた。

「お前のせいではない」

才助は言った。

しかし、傷の痛みが消えるとともに、心の痛みがうずきはじめた。自分がもう少ししっかりしていたら、お嬢様をさらわれることはなかったはずだ。

ただただ辛い日々だった。伊勢屋にいることが針の筵《むしろ》だった。しかし、直吉は身寄りがなく他に行くところもなかった。

お芳が岩見重太郎に連れられて帰って来た。

ホッとした。

その夜、賊が入った。番頭がいきなり殺された。恐怖で何も出来ないと思った。だが必死でお芳の部屋の前まで行った。賊がここに来たら、今度こそ命懸けで、とにかくお嬢様を逃がす時間稼ぎをしよう。すりこぎを手に部屋の前に立った。ほんの短い時間が、とてつもなく長く感じられた。

賊は岩見重太郎と才助が倒した。

「丁稚殿をお借りしたい」

重太郎が才助に言った。

「いかようなりともお使いください。直吉、頼みますよ」

岩見重太郎に連れられ、天橋立に行った。

天橋立は二里四方くらいの浜に、ところどころ小さな丘があったり松林があったりして、すべてが見渡せるわけではない。一度に大勢の兵も動かせない。地形を頭に入れ、敵が動くであろう道筋と細かな距離を把握したいと重太郎は思った。

「よし、あの松の木から、ここまで、全力で走れ」

「次はその丘から浜まで」

「よし。次は浜から左の松林までだ」

直吉は重太郎の指示の通り、浜を走った。重太郎は直吉を走らせては、帳面に筆を走らせていた。

「次は松林を全力で駆け抜けろ」

直吉は走った。走って、走って、言われるままに、ただ走った。走っている時はすべてを忘れられた。

中村一氏の使者は軍事演習をすると言った。三千の兵が千五百、千五百に分かれて、陣形を作って戦うのを、一氏がながめるのだろう。

一氏はどこに陣を構えるか。おそらく浜全体を見下ろす場所、あまり高いところではなく、浜の中央の八幡社だろう。

東西に千五百ずつ兵を分け、八幡社を守りつつ、攻め手の重太郎に、おそらく五十、百の単位で兵を繰り出してくる。だんだん疲れさせて、倒すつもりか。

ひとつの隊を潰《つぶ》して、次が来るのにどれだけの時があるのか。直吉を走らせて、時間を確認した。その時間で次に自分がどれだけ動けるのか。どこで攻めに転じるか。ありとあらゆる想定を考えながら、松の林を歩き、浜を歩いた。

「勝ち目はあるのか」

あるわけはない。

やるか、逃げるか、選択肢は二つしかない。

中村家では仇討ちの場を用意する。ただし、中村家をあげて助太刀をする。その数三千。と言われて、では行きません、とは言えない。逃げたら、もう次はない。

勝ち目はないが、重太郎は幼い時に虚弱で、そのまま死んでもおかしくないのを、父、母が箱崎八幡に参り、命を繋《つな》いだ。その箱崎八幡を走り、力を得た。また、狒々退治の時も、国常大明神の加護で狒々二匹を倒した。

あえて勝ち目があるとすれば、神頼み、しかあるまい。

「よし。あの丘の八幡社まで駆け上がったら、駆け下りろ」


「御免」

伊勢屋に客が訪れた。中年の武士だ。

「うちはしばらくの間、お客様はお泊め出来ません。他の宿へお願いします」

お豊が応対した。

「岩見重太郎殿に用があって参った」

「失礼ですが、お名前を」

もしや、広瀬の刺客かもしれない。油断はならないとお豊も気遣っていた。もしも踏み込んで来たら、金切り声を上げて知らせる用意をした。

「申し遅れた。近江長浜から参った植松藤左衛門と申す」

「おう、植松殿！」

ちょうど重太郎が戻って来たところだった。

「久しぶりだ。一献やろう。お内儀、才助殿を呼んで欲しい」

「主人は離れで、何やらやっておりまして」

お豊が言った。

「客人は、私の友だ。是非、才助殿も一緒に飲みたい」

「かしこまりました。呼んで参ります」

お豊は、重太郎の部屋に酒肴を用意した。そして、離れへと行ったが、

「今、忙しい」

と、才助は出て来なかった。

見ると。才助と一緒にお芳も何かを作っていた。

「あなた、いったい何を？」

「岩見様のために何かせずにはいられないのだ」

お芳はただ黙って竹の筒に何かを詰めていた。

何をしているのか、聞いても答えないだろう。それにお芳が何かをやってい
る。今、やっていることに、生きている意味を見出そうとしているのなら、それ
でいいではないかと、お豊は思った。

「忙しいのならば仕方があるまい」

才助が来ないと聞いて重太郎は言った。

「植松殿、今宵は存分に飲みましょうぞ。平三郎は元気か」

植松藤左衛門は近江長浜の名主、村松家の番頭となり、若い当主の平三郎を支
えていた。

「平三郎殿がいの一番に駆けつけたいと言ったのを、私がお止めしました」

血気盛んな若者だ。父の仇、一角斎を討ってくれた重太郎のために何かしたい
と思ったのだろう。だが、三千の兵相手で、田舎の武芸道楽の若者が助太刀に来
ても、なんの頼りにもならない。

「平三郎殿は村松家の当主として家を守る責任があると話しましたら、わかって
いただけました」

「若い命を散らせたくはない」

「そこで代わりに、私がここに行くよう言われました」

「植松殿を代わりに？」

「私のほうが平三郎殿よりは、いくらか腕は立ちます」

確かに。藤左衛門の腕は確かだ。二、三十人くらいの敵の相手は出来るだろう。だが相手は三千人だ。

「私を供にお連れください」

藤左衛門が真剣な眼差しで、重太郎を見た。

「いや、私は植松殿にも死んで欲しくはないのです」

「私は琵琶湖で船が沈んで死ぬところを、岩見殿と平三郎殿に助けられた身。あの時、なくなった命だ。今、あなたのために死ぬなら本望」

「骨を拾ってください」

重太郎は頭を下げた。

「なんと……」

「三千人相手、私も死ぬ覚悟である。だから、誰かに骨を拾って欲しい」

「足手まといにはならぬつもり。五十人は相手いたす。だから……」

重太郎は首を横に振った。

そして、藤左衛門の盃に酒を注いだ。


十二月二十二日の朝が来た。

さらに三人の客があった。

越中富山から、杉野辺虎之助と、医者の栗橋道庵、城崎から、玉屋庄七が来た。

「岩見先生のお供をしたいのですが、私は前田家の臣ゆえ、ここでお見送りするしか出来ません。残念です」

若者は涙した。

「虎之助殿が来てくださっただけで勇気をいただきました」

重太郎は笑顔で言った。

「私が来たからには、好きなだけ暴れてくだされ。腕や足を斬られたくらいなら、治療いたします」

道庵が言った。

「かたじけない」

「酒を、四斗樽《しとだる》を用意して待っております」

庄七が言った。

「それを楽しみに必ず生きて戻るとしよう」

重太郎は、鎖帷子の上に紋服を着、額には鉢がね、両刀をたばさんだ。

「直吉、世話になった」

重太郎は最後に丁稚の直吉に声を掛けた。

直吉は黙って頭を下げた。「お供を」と頼もうかと思ったが、ただの足手まといになることはわかっていた。

虎之助、道庵、庄七、お豊、伊勢屋の店の者に送られて、重太郎は天橋立に向かった。


その頃、店の裏では、小さな竹の筒を百あまり荷車に積んだ才助がいた。

「お父つぁん、どこに行くの」

お芳が言った。

「天橋立だ」

「私も連れて行って」

「駄目だ。お前を助けてもらったお礼に。私が岩見様のために死ぬ」

「私も行く。私もその竹の筒を一緒に作った。お父つぁんが死んだら、私は生きていたくないから……」

「お父つぁんは死なせやしない」

後ろから声を掛けたのは藤左衛門だった。

「あなたは？」

「伊勢屋殿、何か企んでいるようだったが。この臭いは」

藤左衛門は竹の筒を一つ手に取り、にんまり笑った。

「どこでこのような」

「昔の話でございます」

「よし。私が手伝おう」

藤左衛門はお芳に言った。

「お父つぁんは私が必ず守る。だから、娘御は待っていなさい」

虎之助が来たので、

「杉野辺殿、私は岩見殿から、骨を拾ってくれと頼まれた。だが、気が変わった。あなたが私と岩見殿の骨を拾ってください。あとは頼む」

才助と藤左衛門はお芳を虎之助に任せ、荷車を引いて天橋立に向かった。

六

天橋立をながめる小高い丘、八幡社の鳥居の傍に中村家の陣幕が張られた。ここが、中村一氏の本陣だ。ここに、大倉玄蕃、五郎次父子、広瀬軍蔵、大川八左衛門、成瀬権蔵、小谷鉄蔵、あとは一氏の旗本三十名が護衛についている。天橋立の対岸の浜が演習場。一里四方に竹矢来《たけやらい》が組んである。竹矢来の外には、五、六百人の見物人が集まっていた。

浜の西に千五百の兵、これが源氏で白旗のもとに集まっている。一方、東側に流れる野田《のだ》川のほとりに千五百、これが平家で赤旗を用いる。

源氏軍の大将は中老、鶴岡磯九郎《つるおかいそくろう》。平家軍は鈴鹿主水が大将を務める。小部隊の隊長は騎馬で、他に陣笠の士分、足軽が徒歩《かち》で従い、足軽は赤地、白地にそれぞれの小隊長の名を記した旗指物《はたさしもの》を背負っている。

本陣の丘の下に源氏の五百が進んだ。これが万が一重太郎が攻撃陣をすり抜けて攻めて来た時の本陣の守りになる。指揮は安藤典膳《あんどうてんぜん》、宝蔵院流の槍の遣い手で中村四天王の一人、副将で、戸田兵庫《とだひょうご》、松葉忠兵衛《まつばちゅうべえ》がいる。

平家軍は二百ずつ七隊で源氏軍五百を囲む形に配置されている。八幡社の裏手に鈴鹿主水の二百が進んだ。その左右に荒川甚平《あらかわじんぺい》、勝部信作《かつべしんさく》、中村四天王の二人が二百ずつ率いて左右を固めた。本来は七隊の平家軍がいろいろな陣形を組み替えて、五百の源氏軍に攻め掛かる演習をするはずであった。

平家軍から百名が野田川の橋のむこうに進んだ。相手は重太郎一人。この百名で仕留めればよい。だが、助っ人を連れて来るかもしれない。百名がやられたら、残りの平家軍で、野田川の橋で食い止める。

二百ずつの七隊が五十ずつの小隊で編成され、少しずつ源氏を攻めずに、野田川の橋へ兵を出して、川端で重太郎を討つ。平家軍が重太郎を討つ主力となる。

西側の千の源氏は鶴岡が指揮し遊軍として控えた。小早川軍が重太郎の助太刀に来るかもしれない。その時の抑えだ。

野田川の橋を渡ったところの竹矢来に木戸が作られていた。

岩見重太郎はゆっくりと、竹矢来の木戸へと向かった。

見物人が道をあけると、木戸の前には陣笠の役人がいた。

「どちらへ参る」

役人が言うと、手下の足軽が五名、槍を構えて重太郎を囲んだ。

「拙者は岩見重太郎。広瀬軍蔵、大川八左衛門、成瀬権蔵、小谷鉄蔵の四名、我が父、兄、妹の仇なれば、討ち取りに参った次第。道をあけられよ」

重太郎が言った。

「うむ」

役人はうなずいたが、この役人は情けのある人物だった。

「止めても無駄だと思うが、引き返すなら、今ぞ。殿は全軍をあげておぬしを討つつもりである」

「承知」

「なれば行かれよ」

役人は足軽を下がらせて、木戸を開けた。

「立場上、ご武運を祈るとは言えぬが」

言えぬがと言って、言っている。

中村家のすべての武士がこんな理不尽に納得しているわけではない。だが、彼らは武士なのだ。理不尽だと思っても殿様の命令には従わねばならぬのだ。

重太郎も陣笠の役人に目礼し、木戸をくぐった。

「それ！」

陣笠が命じると、足軽が木戸を閉め、閂《かんぬき》を掛けた。

重太郎の退路が断たれた。


野田川まで来ると、橋の向こうに甲冑《かっちゅう》を着た若者が百人の足軽を率いて立っていた。甲冑の武士は渋川清左衛門だった。

清左衛門は足軽たちに「その場を動くな」と指示し、一人で橋を渡って来た。

「最初に私がお相手いたす」

この若者を斬りたくはない。だが、仕方がない。清左衛門も武士だ。中村一氏に忠誠を尽くさねばならぬのだ。それが武士の務めである。

「よいか。私が討たれたら、すぐに逃げよ。命あってのもの種だ」

清左衛門は後ろの足軽たちに言った。

「だが、私もやすやすとは負けません。中村家家臣、一刀流、渋川清左衛門！」

清左衛門は名乗り、太刀を構えた。

「戸田流、岩見重太郎」

「参る！」

清左衛門の太刀は空を斬った。

重太郎の刀は、清左衛門の甲冑の首筋の隙間を突いた。清左衛門の喉笛から、おびただしい血が噴出した。

「お見事」

そう一言言い、清左衛門は倒れた。


「岩見重太郎が野田川を渡りました」

一氏の本陣に伝令が来た。

「何？　百人で討ち取れなかったのか」

玄蕃が怒鳴った。

「隊長の渋川殿が斬られて、足軽どもは逃げたようです」

伝令の報告に、

「戯《たわ》けが！」

玄蕃が怒鳴った。

「誰が渋川を先陣にしたのだ」

五郎次が言った。

おそらく渋川が重太郎に橋を渡らせたのだ。下手をすれば部隊の間をすり抜けて、一気にここまで来るかもしれない。

「父上」

「源氏の五百は本陣を守れ。絶対に動くな。岩見を本陣に近付かせるな」

玄蕃は言い、広瀬軍蔵を睨んだ。


「逃げるな、敵は一人ぞ！」

橋を渡った重太郎に足軽五十人で打ちかかった第二陣の指揮官、太田三郎兵衛《おおたさぶろべえ》は馬から降りて叫んだ。すでに三十人が斬り伏せられていた。

残り二十人が固まって進めば重太郎を倒せる。

「行け！」

命じた三郎兵衛の目の前に、足軽二人の首が転がった。

「おのれ」

三郎兵衛は太刀をふりおろしたが空を斬り、ふたたび太刀をふりあげたところを、重太郎の刀が喉を貫いた。

第二陣は倒した。しかし、第三陣、四陣、五陣が五十人ずつ三方から、重太郎を囲むように迫ってきていた。

赤い旗指物の第三陣、四陣、五陣は、馬に乗った甲冑の指揮官が後ろに退り、六尺（一メートル八十センチ）の短槍の足軽が前面に出て来た。

一度に百五十人の相手は出来ない。重太郎は浜への最短距離を斜めに走った。直吉に走らせて調べていた道筋だ。三つの陣が分断されたところで、引き返して先頭の足軽を斬ると、槍を奪って足軽たちの中に飛び込みふり回した。五人、十人が一瞬で倒され、残りは逃げ出した。

「逃げるな。進め」

馬上の甲冑が逃げる足軽たちを止めようとしたら、馬が暴れて転がり落ちた。甲冑で馬から落ちた指揮官はそのまま動けずにいた。

次の部隊が迫った。

その時、ドカン。

爆音がして、第四陣の後ろにつけていた五陣がざわついているのがわかった。

なんだ！

重太郎がふり返ると、野田川の橋を渡ったところに荷車があり、藤左衛門と才助がいた。木戸の役人たちは逃げたようだ。

才助は竹の筒についている紐《ひも》に火をつけると、それを力一杯投げた。

ドカン。五陣の足軽の何人かが吹っ飛んだ。

ドカン、ドカン、さらに来る六陣、七陣も竹筒の爆発が次々に粉砕していった。

どうやら、才助は竹の筒に火薬を仕込んでいるらしい。それを黙々と、才助とお芳で作っていたようだ。

「かたじけない」

迂回《うかい》した第八陣が浜のほうから重太郎に迫った。

先頭を走る馬上の甲冑の武士は大薙刀《おおなぎなた》を持っていた。

「山形主計《やまがたかずえ》、参る」

山形が大薙刀をふりおろす前に、重太郎の槍の一撃。山形は馬から転がり落ちた。

重太郎は山形の大薙刀を拾うと、そのまま山形隊に斬り込んで行った。

野田川の上流から、荒川の旗指物を背負った五十人の足軽が現われた。平家軍の副将、荒川甚平は才助の爆裂弾の攻撃を止めるつもりだ。

重太郎は山形隊との戦いで手一杯だった。

「才助殿、あとは任せた」

藤左衛門はそのまま、上流へ走り、荒川隊の中に飛び込み、足軽十人を斬り倒した。

才助は荷車を押して、川下へ逃げた。

荒川甚平は中村四天王の一人と言われる遣い手だった。

「お前たちは爆裂弾を押さえろ」

配下の陣笠の武士に命じると、

「貴様の相手はわしじゃ」

藤左衛門と対峙《たいじ》した。荒川の太刀には藤左衛門では応戦がやっとだった。

せめて相討ちに。藤左衛門は飛び込み、荒川軍平の太刀を体で受けながら、自らの刀を荒川の喉に突き立てた。

荒川は息絶えた。藤左衛門もばったり倒れた。

「荒川様がやられた」

足軽の声に、他の足軽たちが足を止めた。そこへ、ドカン、ドカン。爆裂弾が炸裂。足軽たちは蜘蛛《くも》の子を散らすように逃げた。

「植松様」

才助が走り来た。

「お前は、岩見殿を援護しろ」

刀を地面に突き立てて、藤左衛門が立ち上がった。

五人の陣笠の武士が現われた。

おそらく、藤左衛門はほとんど意識がない。が、立ち上がると脇差を抜き、地面に挿した太刀で体を支え、左右から来る武士を斬り倒した。何人かの刃は体で受けた。

「頼む。岩見殿を」

藤左衛門は刀を地面に突き立て、立ったまま息絶えた。

西側に陣を敷いている源氏の遊軍の指揮官、鶴岡磯九郎は動揺した。

爆音が聞こえた。それも何度も。戦さ場となっている東側は、丘や松林に遮《さえぎ》られて見えない。

一体どうなっているんだろう。

「早瀬《はやせ》、早瀬はおらぬか」

磯九郎は腹心の早瀬浪四郎《なみしろう》を呼んだ。浪四郎も中村四天王の一人だ。

「おぬし、三百を率いて、橋立を通って、東側、野田川へ参れ。岩見に助太刀が現われて平家軍が手こずっているのかもしれぬ。岩見の後ろにまわって、平家軍と挟撃で敵を撃破せよ」

「敵の助太刀はどのくらいの数で」

「そんなのわからん。爆音がしている。とてつもない何かが動いているのやもしれん。とにかく行け」

「はっ」


才助は荷車を橋のやや上流の丘まで押して行き、そこから浜の重太郎のところへ進む平家軍の中枢に竹筒を投げ込んだ。

足軽たちが逃げ、平家軍の足が止まった。

浜の敵をあらかた片付けた重太郎が才助のもとへ走った。

「才助、竹矢来の外へ逃げよ」

重太郎が言った。

「植松様が」

陣を立て直し、馬上の武士が陣笠を率いて突進して来た。

才助は泣きながら、竹筒の導火線に火をつけて投げた。

ドカン！

爆裂弾は敵のはるか手前に落ちて爆発した。それでも爆音に驚き、平家軍の足を止めた。

「植松殿！」

重太郎が見渡すと、藤左衛門は橋のやや下流のところで立ったまま死んでいた。

「あれは！」

橋立の松林を走り来る源氏軍が見えた。

正面の平家軍と対峙すれば挟撃を食らう。

「才助、正面を頼む」

重太郎は下流に走った。松林を駆け抜けた三百人が野田川を登って来た。

迫り来る源氏の軍は三百。これを迎え撃つのは至難の業《わざ》だ。

そこへ、馬のいななきが聞こえた。

竹矢来を破って、馬に乗った武芸者が飛び込んで来た。片手には棍棒《こんぼう》、片手には一升徳利を持っていた。

先頭を走って来た源氏の足軽たちを馬で蹴散らすと、

「すまん、酒はもうない」

と重太郎に声を掛けた。

「何者だ」

先頭を徒歩《かち》で走って来た源氏の武将、岡部内記《おかべないき》が言った。

「わしは塙団右衛門、義によって岩見重太郎殿の助太刀いたす」

言うと、団右衛門は棍棒をふりおろし、岡部内記の頭を叩き割った。

「ここはわしにお任せください」

「お頼みいたす」

団右衛門に源氏の三百を任せ、重太郎が才助に迫る平家軍の前に現われた。すでに竹筒の爆破で半分に減っていた平家軍の足軽は重太郎が現われたので逃げ出した。

残り数十名の士分が対峙したが、何人かが斬られ、敵わぬと見て逃げ出した。

団右衛門は三百相手に暴れていた。

「鶴岡様に援軍を」

早瀬浪四郎は伝令を走らせた。

百人ほど団右衛門に打ち倒されて、浪四郎はあせった。

岩見重太郎一人に三千人、最初話を聞いた時は馬鹿馬鹿しいと思った。自分は遊軍に配置されてホッとした。三千人で一人を斬ったところで手柄にはならない。重太郎には何人かの助太刀がいるようだが十人もいない。なのに何故、我らが苦戦をするのだ。

三千人で負けたら恥辱以外の何物でもない。自分が岩見重太郎を斬るしかない。だがその前に。今、我らが対峙している棍棒の男は確かに強いが、そのうちに疲れて動きも鈍くなるだろう。問題は竹筒の爆裂弾を投げている男だ。あれを押さえよう。爆裂弾の援護がなければ、重太郎を四方から攻められるはずだ。部下の中で遣える者を五人選び、野田川へと走った。川沿いに気付かれぬよう、爆裂弾男に近づくのだ。

八幡社の麓には、本陣を守る源氏軍五百がいた。

「なんだあの怪物は！」

五百の指揮官、中村四天王の一人、安藤典膳が言った。

「あれは塙団右衛門だ」

副官の戸田兵庫が言った。

「塙団右衛門とて鬼人ではない」

槍を手に出ようとする典膳を押し止《とど》めた者がいた。

「私にお任せ」

種子島を手にした遠藤《えんどう》要《かなめ》だ。

「鬼人であろうと、種子島には敵《かな》いますまい」

遠藤は種子島を構えながら浜に馬を走らせた。射程距離に入ったら引鉄《ひきがね》を引く、それで団右衛門は終わりだ。

その時、遠くから馬の蹄《ひづめ》が聞こえた。馬は高速であっという間に遠藤の目の前に迫った。

「えい!」

馬上の男が一撃、遠藤要を槍で串刺しにした。

「又兵衛殿、遅い」

団右衛門が怒鳴った。

「後藤又兵衛か、相手に不足なし」

安藤典膳が槍を手に馬を走らせた。

「待て。我らは動くなとの命令だ」

兵庫が止めたが、典膳は又兵衛のもとへ馬を走らせた。

二手三手、典膳が繰り出す槍をかわす又兵衛、返す突きの一撃。典膳は馬から転げ落ちた。

「おのれ、あの二人を討ち取れ」

戸田兵庫が命じた。同僚を二人、目の前で討ち取られて、兵庫は動揺したようだ。

守備の五百が又兵衛と団右衛門のもとへ走った。

「ゆくぞ、団右衛門！」

砂浜を馬で疾走する又兵衛は兵庫が率いる源氏の中に斬り込んだ。団右衛門も続き、二人で二百人ほど打ち倒した。兵庫の部隊は、あっと言う間に、又兵衛と団右衛門に崩された。

重太郎は残りの平家軍を避けて、本陣へ進んだ。

敵の動きの速度は、直吉と何度も橋立に来て、計った通りだった。あの時に記録した帳面の内容はすべて頭に入れていた。

追いつかれそうになったこともあったが、才助の爆裂弾が平家軍の足を止めてくれた。

八幡社の麓の源氏軍は、又兵衛、団右衛門の二人と戦っていて、残っていた数十名はたちどころに逃げて行った。

重太郎は丘の上の陣幕に向かい、

「広瀬軍蔵、尋常に勝負せよ」

と怒鳴った。

返事はなかった。

重太郎は太刀を構えると、八幡社のゆるやかな石段をゆっくりと上って行った。

「早瀬浪四郎様、討ち死に」

西側の遊軍、鶴岡磯九郎に伝令が来た。

「早瀬はどうやって死んだのだ」

「竹の筒のようなものが飛んできて、それが火を吹いたかと思うと、早瀬様は粉々になって吹き飛びました」

さっきからの爆音はそれであったのか、と磯九郎は思った。

「すぐに援軍を」

副将の山岡多聞《やまおかたもん》が言った。

「手前が騎馬隊を率いて参ります」

遊軍には百の騎馬隊が配備されていた。

「待て」

鶴岡磯九郎が止めた。

「我らは、ここを動かずともよい」

「しかし……」

「殿に敵が迫った時の最後の守兵が我ら。動くのはしばらく待て」

松林や丘に阻まれ、東側で何が起きているのかはわからない。おそらく重太郎には小早川家から援軍が来ているのだ。表立っての援軍は出せないが、毛利家は中国八ヶ国の太守だった。おそらくは美作《みまさか》、石見《いわみ》あたりにいたと言われる忍びの者を使っているのだろう。相手の陣容もわからず援軍に行けば、壊滅させられる。この百が崩れたら、中村家は終わる。自分たちは最後の切り札だ。迂闊《うかつ》に動いてはならぬのだ。

「本陣の源氏軍が崩れたら、援軍に参る」

磯九郎が言っているところへ、別の伝令が走り来た。

「安藤典膳様、遠藤要様も討ち死ににございます」

「何！」

安藤が討ち死にとは、もはや敵が本陣に迫っているということか。

「兵庫は、戸田兵庫はどうした」

「兵を率いて、戦っております」

荒川甚平の討ち死にの報は早くに来ていた。今、早瀬、安藤、中村家四天王の三人が討ち死にした。

「騎馬隊百はわしが指揮して行く。山岡、おぬしは決してここを動くでない」

騎馬隊で本陣へ行き、一氏を守って城に逃げ帰る、やるべきことはそれだけだ。

大倉玄蕃は驚いた。

八幡社の石段を返り血を浴びた武士が上ってくる。

「あ、あやつが岩見重太郎か！」

二千人あまりの守兵を蹴散らして、今、その男が近付いて来るのだ。

「と、殿を守れ」

旗本たちに命じ、一氏を庇いながら、陣幕の外に出た。

「広瀬、貴様のおかげで」

玄蕃は言った。

「なんとかせよ」

成瀬権蔵は、大倉玄蕃と広瀬軍蔵の間をすりぬけると、丘を転がり落ちるように逃げて行った。

小谷鉄蔵は陣幕を出ると、石段を上がって来る重太郎を種子島で狙った。

「これで終わりだ。岩見重太郎」

だが……。

「グワーッ」

重太郎は鉄蔵を見付けると、太刀を投げた。太刀は鉄蔵の胸に突き刺さり、種子島の引鉄を引くことも出来ず、鉄蔵は倒れた。

重太郎が太刀を投げて丸腰だと見た大川八左衛門が抜刀した。そのまま、石段を飛び、上段からふりおろす刀！

だが、重太郎は白刃取りで受けると、そのまま八左衛門の腹を蹴り破った。八左衛門は絶命した。

八左衛門の刀を奪った重太郎が陣幕に飛び込む。

大倉玄蕃は逃げ、広瀬軍蔵が一人いた。

「広瀬軍蔵か」

「いかにも」

「父、兄の仇」

「笑止、返り討ちだ」

軍蔵の勝機は重太郎の疲れだ。

すでに重太郎の疲れは限界を越えているはず。鬼人ではない。なれば、あと少し、逃げ回れば隙を見せるはずだ。

挑発しながら走り回って、隙をうかがおう。

軍蔵は八双に構え、横に走った。

しかし、重太郎の動きは速かった。

「とぅ！」

かつて重左衛門は木剣の切っ先を軍蔵の喉元で止めたが、重太郎は一直線に踏み込み、軍蔵の喉を貫いた。

血が吹き出し、中村家の陣幕を真っ赤に染めた。


中村一氏は大倉玄蕃、五郎次父子と三十人の旗本に守られ、丘を下り浜へ出た。そこにはおびただしい数の兵の骸があった。

そして、浜では、流石《さすが》に疲れ果てて動きの止まった又兵衛と団右衛門を三百あまりの足軽が囲んでいた。

動きは止まっているが、足軽が槍を出せば、確実に倒された。どちらも動けぬ状態だった。

「このような恥辱は許せぬ」

一氏は自ら太刀を取った。

「余《よ》に続け。余が自ら、あやつらを討ち取る」

「殿……」

玄蕃はその場に尻餅をついた。

玄蕃はこれが負け戦さであることがわかった。

鶴岡軍と合流し、残兵をまとめて千人で討ちかかれば、疲れ果てた重太郎、又兵衛、団右衛門を討ち取ることは出来るかもしれないが、すでに、おそらく千人近くが討ち取られている。それを竹矢来の外の見物人に見られている。

中村家はおそらく十人いない敵にほぼ壊滅《かいめつ》させられたのだ。

「何をしておる。五郎次、参るぞ」

一氏が歩き出したところへ、一頭の馬が駆け来た。馬から老武士が飛び降りた。城で待機していた宿老、中村采女であった。

「殿、兵をお引きください」

采女は言った。

「恥辱の上塗りでござる」

ふり返ると、血刀と広瀬軍蔵の首を提げた重太郎が陣幕から出て来た。

鬼の形相の重太郎を見て、一氏は戦意を失った。

「岩見殿、我らは軍を退く！」

采女は言うと、旗本の一人に何やらを命じた。

命じられた旗本は退却の太鼓を打った。

又兵衛と団右衛門を囲んでいた兵は退いた。

采女は一氏を馬に乗せると、自らが轡《くつわ》を取り、木戸に向かった。玄蕃、五郎次、旗本たちも一氏に続いた。

旗本にまぎれて成瀬権蔵が逃れようとした。

「成瀬！」

丘の上の重太郎は、すべてを見ていた。

采女が何か言った。

二人の旗本が権蔵を捕らえた。

「岩見殿、この者はお引渡しいたす」

采女が言った。

こやつが一番許せぬ。重太郎を奸計にかけ、妹つぢを自害に追い込み、花垣泰助を殺したのだ。しかし、

「その者、成瀬権蔵は武士に非《あら》ず。野盗、賊徒《ぞくと》の類《たぐい》なれば、中村家で処断を願いたい」

重太郎は叫んだ。

あんなものを斬れば、刀の穢《けが》れである。

「承知」

采女が言った。

そのまま、一氏らは去った。

途中、鶴岡磯九郎率いる百騎が現われた。

「怪我人の手当てだ。生き残った者は城に戻るよう」

采女が磯九郎に指示をし、磯九郎は兵たちを四方に散らせた。

七

「植松藤左衛門殿は約束を守られた。私を助けて、討ち死にされたのだ」

才助がお芳に言った。

「お前はこの人の分も生きねばならぬ」

お芳はうなずいた。

重太郎は、又兵衛、団右衛門、才助に礼を述べた。

「才助殿、あなたは一体何者なのだ？」

重太郎が聞いた。

「ただの宿屋の親父でございます」

「この竹筒は？」

「若き日に伊賀の国におりました時に、見よう見真似で覚えただけでございます」

　おそらく、才助は故郷を捨てて来たのだ。それ以上、才助の過去は聞かぬことにしようと、重太郎は思った。

　重太郎らが伊勢屋に戻ると、

「信州からお客様が見えております」

　直吉が言った。

「狒々を退治なされた岩見様がたかが三千の兵に負けるとは思いませんでした」

　信濃大町の佐吉と、藤兵衛の娘が来ていた。彼らは大八車に、四斗樽を五つ積んで来た。

「私が四斗樽ひとつ用意しましたが、岩見様に、後藤又兵衛様、塙団右衛門様、これは足りないと思っていたら」

　玉屋庄七が笑いながら言った。

藤兵衛の娘が佐吉に寄り添っていた。二人は夫婦になったようだ。

栗橋道庵はいなかった。

「先生はどうしたのだ」

「城へ参りました」

重傷を負って城へ運ばれた者が数百名いると聞き、その治療に行ったのだ。

先生がいてくれて、何人かでも命が助かってくれればありがたい、と重太郎は思った。


宮津城に引き上げた、一氏。

采女が点呼をするに、八百人あまりが討ち死に、怪我人は数知れず。

「忠義の者があまた亡くなった。無念である」

采女は言った。

一氏は無言だった。

「父上!」

五郎次の叫び声が響いた。

玄蕃が腹を切っていた。

「あの者はいかがいたしますか」

旗本の一人が言った。

「あの者？」

「成瀬権蔵です」

「おのれ！」

五郎次が太刀を手に立った。

広瀬軍蔵のために、大勢が死に、中村家は恥辱を浴び、玄蕃も死んだ。五郎次は権蔵を斬って捨てようと思った。

「待て」

采女が止めた。

「こやつは野盗、賊徒の類。奉行に任せよう」

五郎次は唇を噛んだ。

「五郎次、お前は死ぬなよ」

采女は言った。

中村家を立て直さねばならない。多くの忠臣を失ったのだ。

終章　大坂入城

一

「また、いつの日か会おう」

又兵衛が言った。

四斗樽六つがなくなるまで、重太郎、又兵衛、団右衛門は飲み続けた。と言っても年が明ける前には綺麗になくなった。

「私も御三方とともに戦いたかった」

虎之助は悔しがった。

「おぬしとも、またいつか会える気がする」

団右衛門が言った。

又兵衛と虎之助は東へ。団右衛門は西へと旅立った。

怪我人の治療のため、道庵はしばらくは宮津に残るという。

「先生、怪我人の治療が一段落したら、城崎へおいでください」

玉屋庄七が誘った。

「うむ。温泉でしばらく休ませてもらわねば、わしの体が持たぬ」

道庵のおかげで助かった命が多くあった。


「私たちも旅立ちます」

竹筒の爆弾で大勢の藩士を殺した伊勢屋才助一家も宮津にはいられない。

「筑前に参らぬか」

重太郎は言った。

「ありがとうございます。その前に私たちは近江長浜に参ります」

「藤左衛門殿か」

「私の命、そして、娘の命を助けていただいた。藤左衛門殿の遺骨を長浜に納めて参ります」

「村松平三郎によろしく申してくれ」

「はい」

「世話になった」

重太郎は頭を下げた。

「世話になったのは、私たちでございます」

成瀬権蔵の処刑を見届け、重太郎も宮津を旅立った。

伏見の小早川屋敷に、広瀬軍蔵を討ったことを報告に行った。

「一足遅かった」

飛驒守が言った。

数日前、小早川隆景は息を引き取った。

「筑前に戻って欲しい」

飛驒守は言った。

「まずは兄の墓、塙団右衛門殿が建ててくれた土浦の墓に、仇討ちを報告したいと思います」

重太郎は言った。

だが、重太郎は筑前に戻ろうとは思っていなかった。

清廉で忠義を貫いた若い武士、渋川清左衛門を斬った。清左衛門だけではない。天橋立で重太郎が斬った武士たちは、皆、中村一氏に忠誠を尽くして死んでいったのだ。

又兵衛は「戦さであるから仕方がない」と言った。黒田家に仕え、賤ヶ岳の合戦はじめ多くの戦さ場で槍働きをしてきた又兵衛には敵《てき》を倒すことは「仕方がない」ことなのだ。

むしろ、敵を倒すことが忠義であり、使命なのだ。倒さなければ倒される、それが戦さ場なのだ。

だが、重太郎は納得が出来なかった。戦さだからといって、人が死んでいいわけがない。

戦さが悪いのか。

人を殺す技である武芸を身につけた。そして、殺した。

重蔵の墓に参ったのち、渋川や中村家の武士たち、筑前の野村金八ら十八人、彼らの菩提を弔い高野山で出家をしよう。

大久保長安の差配で、重太郎が土浦の役人を斬った罪は許されていた。

罪は許されたが、任務を果たそうとしただけの役人を斬ったことが、許されるのだろうか。

重太郎は土浦の兄、重蔵の墓に参った。

「つぢ様の亡骸も同じところに」

松兵衛夫妻が大久保長安に頼み、つぢを埋葬してくれていた。

松兵衛夫妻に礼を述べ、筑波山に登り、稲毛多四郎に会った。

酒を酌み交わし、旅の話をした。

「私の刀もお役に立ちましたか」

狒々退治の折、多四郎の刀は折れた。

しかし、狒々に痛手は与えた。

「かたじけのう、ござる」

「私には不用のものが、あなたの役に立てて嬉しい」

多四郎は言った。

多四郎の刀と、重太郎の技があったればこそ、狒々を倒すことが出来た。

もしも重太郎が狒々に殺されていたら、また何人もの娘が狒々の餌食となっていた。

村雲谷の山賊も同じことだ。多くの娘たちが餌食にされた。広瀬軍蔵も。悪い奴らはいくらもいる。


帰路、近江長浜に寄った。

平三郎の屋敷でもてなしを受けた。

翌日、藤左衛門の墓に参った。

「骨を拾ってくれと頼んだのに」

だが、才助と藤左衛門が来てくれなければ、重太郎に勝ち目はなかった。

「岩見様」

才助が現われた。

「伊勢屋殿か。おぬしと植松殿のおかげで命拾いした」

「いいえ。私どもこそ」

才助は長浜で、小さな旅籠をはじめた。

「店が小さいので、三人だけでやっております。ええ。娘は生きております。飯を炊《た》いたり、掃除をしたり。生きて、今では旅籠で働いておりますよ。それもこれも、岩見様のおかげ。何にも代え難い、命を救っていただきました」

長浜は交通の要所だ。伊勢屋はいずれ宮津の時よりも繁盛《はんじょう》するであろう。

「丁稚の直吉はどうしている」

重太郎が聞いた。

「はい。他の奉公人には暇《ひま》を出しました。直吉は身寄りがないもので連れて来ようと思ったのですが、去っていきました」

「左様か」

天橋立で一途に働いてくれた。直吉のおかげで、中村軍の動きを読めた。中村軍に勝てたのは直吉の功労も大きいのだ。

「塙団右衛門様から手紙を預かっております」

手紙は鳴海飛騨守が重太郎に宛てたものだ。重太郎の帰りが遅いので、関東に行く団右衛門に手紙を託した。団右衛門は行き違いになるであろうと思い、重太郎が必ず長浜に寄ると考え、才助に手紙を託した。

手紙は早く筑前に帰るようにと書いてあった。

「婿殿にはもう一人、子を作ってもらわねばなりません」とあった。

重太郎は薄田家の養子であるから、唐津で綾衣が産んだ子は薄田家を継がねばならない。岩見家の跡継ぎがいるというのだ。

「子供が元気でいてくれる、それに勝る幸福はありません」

才助が言った。

綾衣に任せきりにしていた我が子のことが気になった。

「岩見様はまだお若い。何かなさるのでしたら、お子様が成人したのちでもよいのではありませんかな」

才助は重太郎の心を読んでいるのであろうか。

彼もまた、重太郎のために竹筒の爆弾で多くの者を殺している。同じ気持ちなのかもしれない。

「岩見様、十年としばらく、お子様が成人なされたら、また長浜をお訪ねください。私もお供いたしとうございます」

二

風雲急を告げた。

重太郎が筑前に戻ると、豊臣秀吉が亡くなった。

そして、関が原の戦いが起こった。重太郎は名島の城の守りを固めた。はじめ小早川は西軍にいた。東軍の黒田軍と対峙した。黒田軍には後藤又兵衛がいた。敵にはしたくない男だが、主君が敵味方に分かれた上は刃を交えぬわけにはゆかない。だが、黒田軍は攻めては来なかった。おそらく、黒田官兵衛は秀秋が東軍に寝返ることを知っていたのだろう。いや、秀秋が寝返ったのは官兵衛の誘いによるものだったのかもしれない。

関が原は徳川家康が勝利を収め、秀秋は寝返りの功で、備前《びぜん》一国と、美作、備《びっ》中《ちゅう》、播磨の一部の領主に国替え、百万石の大名となり、岡山城に移った。

だが二年後、秀秋は二十一歳の若さで病死、小早川家は跡継ぎなく改易となった。

重太郎は綾衣と息子とともに、備中鷲羽《わしゅう》山の麓に隠棲をした。

鳴海飛驒守は加賀の前田家に仕えることとなった。

それより十二年、重太郎は晴耕雨読《せいこううどく》の日を、妻と子と送った。

息子は武芸の才がなかったので、薄田の名を名乗りながら、この地で暮らす道を選んだ。

岩見の家は遠い親戚に名を継いでもらうことにした。

戸田流の奥儀は訪ねて来た武芸者に惜しみなく教えた。

訪ねて来た武芸者の中に、思わぬ者がいた。

伊勢屋の丁稚だった直吉だ。江戸へ行き、道場で下働きをしながら武芸を学んだと言い、そこそこの腕に成長していた。自分の力が足りないばかりにお芳がさらわれたことを、ずっと悔やんでいるようだった。一年間、重太郎は直吉に剣を教えた。だが、戸田流の奥儀は教えなかった。

「並みの武芸者や、山賊の四、五人なら、たやすく打ち倒すことが出来る。だが、おぬしの進む道は武芸の道ではなかろう。近江の伊勢屋へ行き、才助殿を助けて欲しい」

重太郎は言った。

直吉は近江へ行くと旅立った。直吉がその後どうなったかは、重太郎の知るところではなかった。

徳川が豊臣秀頼の大坂城を攻めるという噂が聞こえた。豊臣家に仕えていた杉野辺虎之助改め将監より、豊臣家に味方をして欲しいとの書状が届いた。

命の捨てどころかもしれんな。重太郎は思った。

重太郎は大坂城に出向くと、又兵衛と団右衛門がいた。

三人は何も言わなかったが、その晩は大坂城の酒蔵から四斗樽がひとつ、なくなっていた。

*

「お父つぁん、何を買って来なさった？」

運びこまれた大きな草鞋を見て、才蔵の息子の直助は少し呆れていた。

「今日のは掘り出し物だ」

なんでこんな無駄にでかい草鞋が掘り出し物なんだ、と直助は思った。

「岩見重太郎の草鞋だそうだ」

「えっ？」

「もちろん贋物だよ。岩見様はそんなに大きな方ではなかったそうだ」

「贋物を承知で買ったので？」

「面白そうだった」

「というか、岩見重太郎って誰？」

直助の問いには才蔵は答えなかった。

いいんだ。私だけが知っていれば。


それからは伊勢屋の帳場には大きな草鞋が飾られた。

旅人に、

「なんです、これは？」

と聞かれると、店の者は
「岩見重太郎の草鞋です」と答えた。

「岩見重太郎？　それは誰ですか」と言う客がいれば、

「おい、小僧、若狭屋の旦那を呼んでおいで」

小僧が甚兵衛を呼び、甚兵衛は黒紋付に袴姿でやって来る。

その夜は伊勢屋の広間に客が集まった。

「若狭屋の旦那は、骨董に目は利かないが、話は面白い」

近所の人も集まった。

「それではお話を申し上げます。岩見重太郎は筑前名島五十万石、小早川隆景の臣で戸田流剣術指南役、岩見重左衛門の次男、兄は重蔵、妹はつぢと申します」

一〇〇字書評

切り取り線

豪傑 岩見重太郎

購買動機（新聞、雑誌名を記入するか、あるいは○をつけてください）	
□（　　　　　　　　　　　　　）の広告を見て	
□（　　　　　　　　　　　　　）の書評を見て	
□ 知人のすすめで	□ タイトルに惹かれて
□ カバーが良かったから	□ 内容が面白そうだから
□ 好きな作家だから	□ 好きな分野の本だから

・最近、最も感銘を受けた作品名をお書き下さい

・あなたのお好きな作家名をお書き下さい

・その他、ご要望がありましたらお書き下さい

住所	〒				
氏名		職業		年齢	
Eメール	※携帯には配信できません	新刊情報等のメール配信を 希望する・しない			

この本の感想を、編集部までお寄せいただけたらありがたく存じます。今後の企画の参考にさせていただきます。Eメールでも結構です。

いただいた「一〇〇字書評」は、新聞・雑誌等に紹介させていただくことがあります。その場合はお礼として特製図書カードを差し上げます。

前ページの原稿用紙に書評をお書きの上、切り取り、左記までお送り下さい。宛先の住所は不要です。

なお、ご記入いただいたお名前、ご住所等は、書評紹介の事前了解、謝礼のお届けのためだけに利用し、そのほかの目的のために利用することはありません。

〒一〇一－八七〇一
祥伝社文庫編集長　坂口芳和
電話　〇三（三二六五）二〇八〇

祥伝社ホームページの「ブックレビュー」からも、書き込めます。

www.shodensha.co.jp/
bookreview

祥伝社文庫

豪傑《ごうけつ》 岩見重太郎《いわみじゅうたろう》

令和 2 年 6 月 20 日　初版第 1 刷発行

著　者　稲田和浩《いなだかずひろ》

発行者　辻　浩明

発行所　祥伝社《しょうでんしゃ》
東京都千代田区神田神保町 3-3
〒 101-8701
電話　03（3265）2081（販売部）
電話　03（3265）2080（編集部）
電話　03（3265）3622（業務部）
www.shodensha.co.jp
印刷所　堀内印刷
製本所　ナショナル製本
カバーフォーマットデザイン　中原達治

Printed in Japan ©2020, Kazuhiro Inada　ISBN978-4-396-34642-3 C0193

〈祥伝社文庫　今月の新刊〉

梓林太郎
博多　那珂川《なかがわ》殺人事件
旅行作家・茶屋次郎の事件簿
病床から消えた元警官。揉み消された過去が明らかになったとき、現役警官の死体が！

西村京太郎
十津川警部シリーズ　**古都千年の殺人**
京都市長に届いた景観改善要求の脅迫状――。十津川警部が無差別爆破予告犯を追う！

森　詠
ソトゴト　謀殺同盟
公安の作業班が襲撃され、一名が拉致される。七十二時間以内の救出命令が、猪狩に下る。

小杉健治
偽証《ぎしょう》
誰かを想うとき、人は嘘をつく――。静かな筆致で人の情を描く、傑作ミステリー集。

小路幸也
マイ・ディア・ポリスマン
〈東楽観寺前交番〉、本日も異常あり？　凄ワザ自慢の住人たちの、ハートフルミステリー。

三好昌子
むじな屋語蔵《かたりぐら》　**世迷《よまよ》い蝶次**
〝秘密〟を預かる奇妙な商いには、驚きと喜びが。重荷を抱えて生きる人に寄り添う物語。

黒崎裕一郎
必殺闇同心　隠密狩り　新装版
阿片はびこる江戸の町で高笑いする黒幕に、〈闇の殺し人〉直次郎の撃滅の刃が迫る！

稲田和浩
豪傑　岩見重太郎
決して諦めない男、推参！　七人対三千人の仇討ち！　講談のスーパーヒーロー登場！

岩室　忍
信長の軍師外伝　**家康の黄金**
家康に九千万両を抱かせた男、大久保長安。江戸幕府の土台を築いた男の激動の生涯とは？